鵬붕정대연가

붕정대연가(鵬程大戀歌) 17

임영기 新무협 판타지 소설

초판 1쇄 찍은 날 § 2022년 4월 7일
초판 1쇄 펴낸 날 § 2022년 4월 14일

지은이 § 임영기
펴낸이 § 서경석

총괄팀장 § 황창선
편집책임 § 김우진
디자인 § 스튜디오 이너스

펴낸곳 § 도서출판 청어람
등록번호 § 제387-1999-000006호
등록일자 § 1999. 5. 31
어람번호 § 제2-2906호

본사 § 경기도 부천시 부일로 483번길 40 서경B/D 3F (우) 14640
편집부 § 서울시 구로구 디지털로 272 한신IT타워 404호 (우) 08389
전화 § 02-6956-0531 팩스 § 02-6956-0532
http://www.chungeoram.com
E-mail § chungeorambook@daum.net

ISBN 979-11-04-92426-2 04810
ISBN 979-11-04-92299-2 (세트)

도서출판 청어람
17
임영기 新 무협 판타지 소설
Cover illust A4
붕정대연가
FANTASTIC ORIENTAL HEROES

鵬붕정대연가

목차

第百七十四章

협살(挾殺)

　　죽은 후에 온몸이 숯처럼 시커멓게 변한 여섯 명을 자세히 살펴본 부옥령이 의견을 내놓았다.

　　"남자들은 마중천 고수이고 여자들은 요천사계 요녀들인 것 같아요."

　　부옥령 옆에서 같이 살펴본 아미와 칠오정녀도 그 말에 동의했다.

　　"틀림없어요."

　　"요천사계는 오래전부터 마중천과 결탁한 사이예요. 무슨 일이 있을 때면 서로 도움을 주기로 되어 있죠. 그런 관계가 된 지 백 년도 더 넘었어요."

부옥령이 고개를 끄떡이면서 덧붙였다.

"마중천 휘하에는 독의 달인들만 모인 천독림(千毒林)이 있는데 여기 두 명은 그곳 독인일 거예요."

진천룡은 미간을 좁히며 못마땅한 표정을 지었다.

"음! 불과 여섯 명에게 우리가 형편없이 유린되다니 정말 어이가 없구나."

영웅문에는 고수가 오천 명이 넘는데도 겨우 여섯 명에게, 그것도 영웅문의 중심축인 쌍영웅각에서 좌호법 이하 최측근들이 깡그리 중독됐으니 어이없다 못해서 기가 막힐 노릇이 아닐수 없다.

진천룡은 중독에서 깨어나 이제는 멀쩡해진 모습으로 탁자 둘레에 앉아 있는 측근들을 둘러보았다.

"이렇게 속수무책으로 뚫리다니 무슨 방도가 없겠나? 이런 일이 또 일어날 수도 있잖은가?"

다들 마땅한 방법이 떠오르지 않아서 착잡한 표정을 짓고 있는데 소소가 가느다란 목소리로 말했다.

"독망진(毒網陣)을 치면 돼요."

모두 소소를 주시하고 부옥령이 물었다.

"그게 뭐냐?"

소소는 정천영이 귀식대법을 시전해 준 덕분에 목숨을 건질 수 있었다.

소생한 소소는 진천룡 가슴에 뛰어들어 어린아이처럼 펑펑 울음을 터뜨렸었다.

한 번 죽을 고비를 넘긴 소소는 뺨이 해쓱해졌다.

"어떤 지정된 장소에 독망진을 펼쳐두면 독인이 진입할 경우에 저절로 드러나요."

"어떻게 말이냐?"

"독인이 낮에는 검은색으로, 밤에는 흰색으로 드러나서 즉시 발각될 거예요."

진천룡은 반색했다.

"그런 게 있다는 말이지?"

"네."

부옥령은 자신이 모르고 있는 것을 소소가 알고 있다는 사실에 미덥지 않은 표정을 지었다.

"어떻게 하는 것이냐?"

소소는 막힘없이 대답했다.

"일정한 장소의 안팎에 독망진을 펼치는 거예요."

"누가 말이냐?"

소소는 생글생글 웃었다.

"제가요."

"네가?"

부옥령은 아미를 찌푸렸다.

"누구에게 배웠느냐?"

"제갈공명(諸葛孔明)에게 배웠어요."

부옥령은 엄한 표정을 지었다. 제갈공명이 언제 적 인물인데 그에게 배웠다는 것인가.

"이놈이 지금 장난을 하느냐?"

소소는 찔끔하더니 작은 목소리로 대답했다.

"제갈공명이 남긴 풍운화록(風雲化錄)으로 배웠어요."

부옥령은 얼굴을 찌푸렸다.

"그것은 전설이 아니냐?"

소소는 진지한 표정을 지었다.

"전설 아니에요. 제가 독학으로 다 배웠거든요."

"풍운화록을 말이냐?"

무불통지인 부옥령은 제갈공명이 남겼다는 풍운화록에 대해서도 알고 있었다.

제갈공명이 이룬 평생의 심득을 자세히 기록해 놓은 것이 풍운화록이다.

그것을 다 터득하면 능히 구름과 비, 태풍을 부르고, 천둥 번개를 조종할 수 있다고 했다.

히지만 그것은 어디까지나 전설일 뿐이지 현실이라고 믿는 사람은 아무도 없었다.

그런데 그 풍운화록을 소소가 익혔다고 하니까 이걸 믿어야 할지 말아야 할지 갈피를 잡지 못하는 부옥령이다.

부옥령은 소소가 말한 독망진이라는 것보다 풍운화록에 더 관심이 많았다.

하지만 지금 상황에서 풍운화록에 대해서 물고 늘어질 수는 없는 노릇이다.

진천룡이 소소에게 물었다.

"독망진을 영웅문 전체에 펼칠 수는 없겠느냐?"

진천룡은 독망진을 믿는 것 같았다.

소소는 잠시 고개를 모로 꼰 채 생각하고 나서 대답했다.

"할 수 있을 것 같아요."

부옥령은 믿음이 가지 않아서 물었다.

"영웅사문까지 말이냐?"

소소는 생글생글 웃었다.

"할 수 있어요."

부옥령은 발끈했다.

"웃지 마라."

부옥령은 이런 진지한 상황에 소소가 웃으면서 대답하는 것이 마음에 들지 않았다.

자신을 비롯하여 측근들이 중독되어 죽을 뻔하다가 간신히 살아난 이후 몹시 예민해졌다.

그녀는 자신이 진천룡을 보호해야 하는데 그러지 못하고 먼저 중독됐다는 사실에 화가 나 있었다.

"독망진을 어떻게 펼치는지 설명해 봐라."

"두 가지 방법이 있어요."

"다 말해봐라."

진천룡을 비롯한 측근 모두 긴장한 표정으로 귀를 기울였다.

"하나는 영웅문 내의 모든 전각과 건물들에 하나씩 개별적으로 진을 설치하는 것이고, 다른 하나는 영웅사문을 포함한 영웅문 전체 외곽에 설치하는 거예요."

소소는 웃지 않으려고 애썼지만 하루 종일 웃는 성격상 웃음을 완전히 감추기는 어려웠다.

"전각과 건물들을 하나씩 개별적으로 하는 것은 열흘쯤 걸리고 영웅문 전체에 하는 것은 한 달쯤 걸릴 거예요."

"독망진을 펼치려면 뭐가 필요하냐?"

"소나무와 밤나무, 감나무 각각 만 그루씩 삼만 그루와 백 명의 인원이 필요해요."

"나무?"

부옥령은 물론이고 진천룡과 중인들은 소소가 뭔가 대단한 것을 요구할 줄 알았는데 기껏 소나무와 밤나무, 감나무 삼만 그루라고 말하자 의아한 표정을 지었다. 독망진하고는 거리가 먼 것 같기 때문이다.

소소가 확인하듯이 말했다.

"나무는 삼십 년 이상 된 것들을 살아 있는 채 뿌리째 가져와야 해요."

소소가 그렇게 해줄 수 있느냐는 듯한 표정으로 진천룡을 바라보자 부옥령이 고개를 끄떡였다.

"그렇게 해주겠다. 다만……."

"필요한 것은 무엇이든 지원할 테니까 잘 부탁한다, 소야."

부옥령이 만약 허튼짓이라면 각오하라고 위협을 가하려는 것을 알아차리고 진천룡이 그녀의 말을 끊었다.

*　　　*　　　*

진천룡은 쌍영웅각 연공실에서 혼자 오극성궁력을 연마하고 있는 중이다.

오극성궁력은 천 년 전에 성신도의 일대 대도주가 창안한 절학이다.

오극(五極)이란 천지양월성(天地陽月星) 즉, 하늘과 땅, 태양, 달, 별을 가리킨다.

성궁력(聖躬力)은 천지양월성의 궁극의 힘이며 그 다섯 개의 극한의 힘을 끌어모아서 뿜어내는 신력이다.

그러므로 오극성궁력은 인간이 만들었으되 인간의 무공이라고 할 수가 없다.

성신도의 일대 대도주는 삼라만상의 무한한 능력을 인간이 차용해서 사용하는 방법을 만든 것이다.

화라연까지 이십오 대(代)를 이어오는 동안 성신도에서 오극성궁력을 십성(十成)까지 완벽하게 연공한 인물은 단 한 명도 없었다고 한다.

팔십 세가 넘은 화라연이 이십오 세에 오극성궁력을 처음 배워서 장장 육십여 년 동안 연마했는데도 불구하고 겨우 사 성 수준에 이른 것을 보면 오극성궁력을 연마하는 일이 얼마나 어려운지 짐작할 수 있을 터이다.

밀실인 연공실이라고 해서 천지양월성의 기운을 흡수하지 못하는 것이 아니다.

바깥이든 물속이든 꽁꽁 언 얼음 속이라고 해도 천지양월성의 성궁력은 어디라도 존재한다.

현재 진천룡은 오극성궁력을 채 일 성조차 연공하지 못한 상태이다.

하지만 화라연이 육십여 년을 연마했는데도 겨우 사 성 수준에 이르렀음을 감안하면 진천룡의 진전은 오히려 빠르다는 사실을 알 수가 있다.

척!

문이 열리고 부옥령이 들어왔다.

그녀는 연공실 한복판에 우뚝 선 자세로 오극성궁력 연마에 심취해 있는 진천룡을 바라보기만 할 뿐 어떤 행동도 취하지 않았다.

그녀의 눈에는 진천룡이 무공을 연마하는 모습이 하나도 보이지 않았다.

중독됐을 때의 충격이 너무 컸기 때문에 아직도 그 후유증에서 벗어나지 못하고 있어서 였다.

그녀는 진천룡을 만난 이후 수많은 것들이 변했다. 어쩌면 지금의 그녀는 예전의 그녀가 아닐지도 모른다. 아니, 그녀가 그대로 남아 있을 리가 없었다.

또한 그녀는 진천룡을 만나면서부터 처음 겪고 느끼는 것들이 셀 수도 없이 많았다.

그렇게 된 원인은 그녀가 진천룡을 목숨보다 더 소중한 정인으로 받아들였기 때문이었다.

부옥령은 이미 오래전에 나이를 초월했다. 자신이 사십이 세라는 사실은 기억조차 나지 않았다.

그렇다고 해서 현재 자신의 외모처럼 십칠 세라고 착각하지도 않았다.

그저 자신은 한 사람의 여자로서 진천룡을 처절하리만치 사랑하고 있다는 사실만을 알고 있을 뿐이다.

지금의 그녀에게서 그 사실을 제외하고 나면 아무것도 남는 것이 없다.

사랑이 바탕이 되니까 모든 것들을 인정하고 용납할 수 있게 되었다.

부옥령은 어떤 중요한 사실을 보고하러 왔지만 진천룡을 바라보는 동안 까맣게 망각해 버렸다.

그저 그가 눈앞에 있어도 그리워서 죽을 것 같은 심정이고, 보고 있으면서도 보고 싶어서 미칠 것 같은 심정으로 속을 태우고 있다.

진천룡은 한바탕 오극성궁력 연공을 마치고 크게 한숨을 내

쉬었다.

"후우……."

그는 잠시 생각을 정리하고 나서 다시 연공하려고 했으나 한쪽에 부옥령이 서 있는 것을 발견하고 미소 지으며 그녀에게 다가갔다.

"령아구나."

부옥령은 진천룡이 미소 지으며 다가오는 것을 보면서 온몸이 녹아내리는 것을 느꼈다.

위로 같은 것은 필요하지 않았다. 그의 미소 한 번이면 충분히 족했다.

"주인님."

진천룡은 부옥령에게만은 '무슨 일이냐'라고 묻지 않는다. 다른 수하들은 어떤 볼일이 있어서 그를 찾아왔겠지만, 부옥령은 아무 일 없어도 그에게 올 수 있기 때문이다.

또한 두 사람은 깨어 있을 때나 잘 때나 하루 종일 거의 붙어 있기 때문에 오히려 떨어져 있는 것이 이상한 일이다.

부옥령은 정면에서 진천룡에게 안기면서 두 팔로 그의 허리를 힘주어 끌어안았다.

두 사람은 비록 취중이었지만 정사 직전까지 갔던 사이라서 이 정도 포옹은 아무렇지도 않았다.

아니, 사실 진천룡은 만취상태에서 벌어졌던 그 몇 번의 상황을 전혀 기억하지 못하고 있다.

다만 세상천지에 단 한 사람 부옥령하고는 어떤 상황에 처하더라도 용납이 된다는 것이 지금 그의 생각이다. 그러므로 이런 것쯤은 별것이 아니다. 이보다 더한 일이라고 해도 충분히 이해할 것이다.

부옥령은 만약 자신이 중독된 채 죽었으면 어떻게 됐을 것인가를 생각하니까 너무도 섬뜩했다.

자신이 죽는 것도 죽는 것이지만 혼자 남겨둔 진천룡이 어찌 될 것인지를 생각하면 모골이 송연해진다.

두 사람은 아랫도리가 밀착되고 부옥령의 터질 듯한 가슴이 눌렸으나 개의치 않았다.

부옥령은 발돋움을 하여 키를 한껏 높이면서 얼굴을 들어올리며 입술을 내밀었다. 그 모습은 누가 보더라도 입맞춤을 해달라는 몸짓이다.

진천룡은 상체를 굽히고 그녀의 입술에 입을 맞추었다.

그러자 부옥령은 두 팔로 그의 목을 감으면서 세차게 입맞춤을 하였다.

"으음… 사랑해요……."

두 사람의 혀가 끈으로 묶이는 것처럼 엉겼다.

부옥령은 살짝 뛰어올라 두 다리를 그의 허리에 감고 입맞춤에 열중했다.

진천룡도 인간이고 더구나 혈기 왕성한 청년인지라 이런 상황에 처하니까 불쑥 흥분하여 두 손으로 그녀의 엉덩이를 떠

받치고 격렬하게 입맞춤에 열중했다.

부옥령은 지금 당장 죽어도 여한이 없을 만큼 행복에 겨웠다.

          *   *   *

부옥령은 온몸이 불덩어리처럼 뜨거워진 상태에서 갑자기 정신이 번쩍 들었다.

어느새 바닥에 눕혀져 있는 그녀의 온몸을 진천룡이 마구 더듬고 있는 것을 깨달았기 때문이다.

그녀는 급히 입술을 떼면서 두 손으로 진천룡의 가슴을 힘껏 밀었다.

"주인님……!"

한 번의 깊은 입맞춤으로 부옥령보다 진천룡이 몇 배나 더 뜨거워졌다. 남자인 데다 이십 대 팔팔한 청춘이기 때문이다.

진천룡은 수양심이나 인내심이 매우 대단한 사람이지만 현재 그에게서 가장 가까운 사람인 부옥령에게만은 그런 게 소용이 없었다.

"아……."

진천룡은 그제야 돌바닥에 누워 있는 부옥령 위에 자신이 몸을 포개고 있다는 사실을 깨달았다.

예전에 그는 이런 상황이 됐다면 당황해서 매우 쑥스러워했을 것이지만 지금은 웬만큼 익숙해졌는지 아무렇지도 않은 표정이다.

진천룡은 멋쩍은 표정을 지으며 몸을 일으켰다.

부옥령은 빨개진 얼굴로 일어나 앉으면서 헝클어진 머리카락을 매만졌다.

"보고할 게 있어요."

진천룡에게 보고하러 왔다가 이 난리를 피운 것이다.

진천룡은 일어서다가 부옥령의 손을 잡아 일으켜 주었다.

연공실에는 탁자와 의자가 없기 때문에 부옥령은 선 채로 설명했다.

"풍영당 보고에 의하면, 마중천 동마지천(東魔支天)과 요천사계의 사대요후 중에 넷째인 교선요후(嬌燭妖后)가 열 명의 요천사령(妖天死玲)과 백 명의 요마정수를 동원해 영웅문을 공격하기 위해서 출동했다는군요."

"그게 다 뭐지?"

동마지천이니 요천사령 따위가 무엇이냐고 묻는 것이다.

부옥령은 진한 입맞춤을 하느라 진천룡 입가에 묻은 침을 손으로 닦아주며 말했다.

"마중천은 동서남북에 각각 지천(支天)을 두고 있어요. 동마지천은 하북성에 있는데 하북성과 강소성, 절강성, 복건성 네 개 성의 지부들을 거느려요."

"흠, 그래?"

"요천사계에는 최정예고수인 요천사령이 오십 명 있어요. 이들은 요마정수보다 몇 배나 더 고강하다고 해요."

요천사계에는 초일류고수로 구성된 요마정수가 삼백 명 있다고 했는데 그 위에 요천사령이 있다는 것이다.

부옥령은 진천룡이 진지한 얼굴로 고개를 끄떡이는 것을 보면서 말을 이었다.

"마중천은 우리가 복건성에서 한 일 때문에 보복하려는 것 같아요."

"그렇겠지."

"요천사계는 말씀드리지 않아도 아시겠죠?"

"그래."

진천룡과 설옥군, 부옥령 등이 요천여황을 죽인 것으로도 모자라서 복건요부를 풍비박산 냈기 때문이다.

부옥령은 진천룡에게 그들의 공격을 어떻게 할 것이냐고 묻지 않았다.

그러는 것은 좌호법의 역할이 아니고 물어봐야 대답을 듣지 못할 것이다.

"마중천의 절강지부를 박살 내는 게 좋겠어요."

진천룡은 뜻밖이라는 표정을 지었다.

"절강에도 마중천 지부가 있었어?"

"당연하죠. 마중천은 천하 각 성에 지부가 있으며 중요한 도성에는 대분타(大分陀)가 있어요."

진천룡은 두리번거리다가 운공조식 할 때 사용하는 야트막

한 석대에 앉았다.

부옥령은 그의 앞으로 걸어가서 마주 보고 선 채로 하던 말을 이었다.

"마중천 절강지부는 소흥현(紹興縣)에 있는 마랑보(魔狼堡)인데 들어보셨어요?"

진천룡은 의아한 표정을 지었다.

"마랑보는 산적 아닌가?"

부옥령은 미소를 지었다.

"그렇게 알고 계시죠?"

항주를 지척에 두고 동쪽에서 흐르는 전당강 너머 삼십여 리 지점에 마랑보가 있는데 모든 사람들이 산적 소굴이라고 알고 있다.

소흥현 외곽 남쪽에서부터 절강성의 대표적인 산 중 하나인 회계산(會稽山)이 시작된다.

회계산 남쪽에는 천태산(天台山)이, 그리고 천태산 남쪽에는 괄창산(括蒼山)이 줄지어 이어져 있으므로 마랑보가 산적이라는 소문이 나도 이상할 게 없었다.

진천룡이 조금도 궁금하지 않은 얼굴로 물었다.

"마랑보는 큰가?"

"자세한 것은 모르겠어요."

"네가 모르는 것도 있느냐?"

부옥령은 살짝 얼굴을 붉혔다.

"저라고 다 알겠어요?"

하남성 낙양에 있는 천군성 좌호법이었던 부옥령이 만 리 이상 멀리 떨어진 시골 구석의 마랑보를 알고 있다는 사실 자체가 대단한 일이다.

"나는 네가 모르는 것이 있다는 사실이 더 놀랍다."

부옥령은 진천룡을 정이 듬뿍 담긴 눈길로 바라보면서 노래하듯이 말했다.

"마중천의 절강지부와 항주의 대분타를 괴멸시키는 것을 허락하실 건가요?"

진천룡은 벙긋 웃었다.

"네가 언제 내 허락을 받았느냐? 새삼스럽게……."

부옥령은 예쁘게 웃었다.

"그럼 천첩이 알아서 하겠어요."

"대분타에 대해서 아는 게 있느냐?"

진천룡은 항주 토박이지만 마중천 대분타가 항주에 있다는 사실을 까맣게 모르고 살아왔다.

부옥령은 고개를 가로저었다.

"천첩도 대분타에 대해서는 몰라요. 그래서 강비에게 물어보려고요."

진천룡은 고개를 끄떡였다.

"대분타에 갈 때 나도 같이 가겠다."

"알았어요."

진천룡이 일어나려고 하자 부옥령이 그와 마주 보는 자세로 무릎에 앉았다.

진천룡은 빙그레 웃었다.

"왜?"

부옥령은 얼굴을 발그레 붉혔다.

"조금만 더 계세요."

진천룡은 그녀의 의도를 알아차리고 어이없는 표정을 지었다.

"음탕하구나."

부옥령은 요염하게 웃었다.

"그래서 싫어요?"

진천룡은 어색한 표정을 지었다.

"그런 뜻은 아니다."

부옥령은 상체를 앞으로 쓰러뜨려 그의 품에 안겼다.

그녀는 그의 가슴에 뺨을 대고 눈을 감으며 행복한 미소를 지었다.

그때 문득 그녀는 처음으로 설옥군이 돌아오지 않았으면 좋겠다는 생각을 했다.

진천룡은 평범한 경장 차림을 하고 측근 몇 명과 함께 항주 성내에 들어왔다.

일행의 선두에는 강비가 걷고 있으며, 마중천 항주대분타를 찾아가는 길이다.

부옥령이 항주를 제일 잘 알고 있는 강비에게 마중천 항주 대분타가 어디에 있느냐고 물으니까 그는 그것에 대해서는 아는 바가 없다고 했다.

그러더니 골똘히 생각하고 난 후에 의심 가는 곳이 있다면서 앞장선 것이다.

진천룡이 어디냐고 물어보니까 강비가 진관청(珍關靑)이라고 하는데 들어본 적이 없다.

이윽고 강비가 걸음을 멈춘 곳 전면을 보다가 진천룡과 부옥령은 어이없는 표정을 지었다.

"비야, 여기가 대분타라는 거냐?"

강비는 조심스럽게 대답했다.

"예전부터 이상하다고 여겼던 곳입니다."

"뭐가 말이냐?"

"저 뒤쪽에 이상한 기운이 서렸었는데 지금 생각해 보니까 그게 마기(魔氣)인 것 같습니다."

"마기?"

훈용강이 설명했다.

"사람이 마공을 익히면 마기를 띠게 되고, 사공을 익히면 사기(邪氣), 요마술을 익히면 요기(妖氣)를 띠게 됩니다."

"그런가?"

진천룡은 넓은 길 건너편을 보면서 중얼거렸다.

"항주성 후원에서 마기가 일렁인다는 것은 분명히 이상한 일이로군."

항주성은 대명제국에서 임명한 항주 성주(城主) 일족이 기거하고 있으며 도성의 업무를 총괄하는 관청도 들어 있다.

항주성 뒤편은 꽤 넓은 후원이며 여섯 채의 전각들이 있는데 바로 성주 일족들이 기거하고 있다.

그 후원을 가월향(佳月享)이라고 하며 성벽 뒤로는 운하가 흐르고 있다.

폭 오 장의 운하에는 수십 척의 배들이 바쁘게 오가거나 멈춰 있으며, 성벽 맞은편 거리에는 운하에서 낚시를 하는 사람 여러 명이 운하에 두 발을 내린 채 앉아 있다.

항주성 성문 앞에 있던 진천룡 일행은 뒤쪽으로 돌아와서 운하 건너 성벽을 바라보고 있다.

운하 위쪽 한편에는 여러 종류의 상점들이 처마를 맞대고 늘어서 있으며 제법 폭넓은 거리에는 오가는 행인들이 어깨를 부딪치고 다닐 만큼 많다.

"느껴져요?"

부옥령이 나란히 서 있는 진천룡에게 물었다. 항주성 후원 가월향에서 마기가 풍겨 나오는 것이 느껴지느냐는 말이다.

진천룡은 높은 성벽에 가려서 보이지 않는 가월향 쪽을 응시하면서 가볍게 고개를 끄떡였다.

"지장락에게서 느껴지던 그거로군."

"그래요."

마중천 복건성 지부인 유마부 부주 지장락은 굴복하여 훈용강이 맹주로 있는 삼절맹 휘하에 들어갔다.

지난날 진천룡은 복건성에서 유마부의 마고수들에게서 별달리 느낀 것이 없었는데 오늘 가월향을 쳐다보니까 그 당시 유마부 마고수들에게서 무언가 풍겼다는 것, 그리고 그것이 가월향에서 풍기는 것과 동일하다는 사실을 느꼈다.

"저게 마기로군."

진천룡은 입맛을 다셨다.

"지장락이 있었으면 저기가 대분타인지 즉시 알아봤을 것 아닌가?"

"그렇죠."

성벽 아래쪽에는 동굴 같은 커다란 구멍이 있으며, 운하가 그 안으로 연결되어 있고, 동굴 입구에는 두 명의 창을 들고 도를 허리에 찬 군사가 지키고 있다.

진천룡이 동굴을 쳐다보자 강비가 설명했다.

"저 수로는 가월향의 인공 호수하고 연결되었는데 그곳에 작은 포구가 있고 여러 척의 배가 있습니다."

진천룡이 고개를 끄떡이는 것을 보고 강비가 수로를 가리키면서 설명을 계속 이었다.

"저기 수로 가장자리에 길 보이십니까?"

진천룡이 고개를 끄떡이는데 훈용강이 가볍게 꾸짖었다.

"손 내려라."

"아……!"

강비는 놀라서 급히 손을 내리고 나서 계속 설명했다.

"저 길이 저쪽으로 연결됐습니다."

수로 가장자리 아래쪽에는 수면에서 한 자쯤 높이에 두 사람이 나란히 걸어갈 수 있을 정도 폭의 협로가 있으며, 그것이 운하를 따라서 양쪽으로 길게 이어져 있다.

항주성 양쪽으로는 여러 장원과 커다란 건물들이 줄지어 늘어서 있으며 그 건물들 대부분 작은 포구를 지니고 있는 것이 보였다.

부옥령이 중얼거렸다.

"성주 일족이 사는 가월향이 마중천 항주대분타라면 충격적인 일이에요."

"그렇지."

"들어가 볼 거죠?"

그녀의 말에 진천룡은 하늘을 올려다보고 나서 말했다.

"시간 좀 보내다가 어두워지면 다시 오자."

강비가 급히 앞장섰다.

"제가 안내하겠습니다."

진천룡 일행이 아무리 하늘을 나는 능력이 있다고 해도 벌건 대낮에 항주성에 잠입하는 것은 무리가 있다.

　　　　　　*　　　　　*　　　　　*

　스으으……

　은은한 월광을 흩뿌리는 야밤에 밤하늘에서 열 명의 검은 신형이 수직으로 하강하고 있다.

　그들은 진천룡과 아홉 명의 측근들이며 마치 눈이 내리듯 가월향 전각 지붕 몇 곳에 흩어져서 내려앉았다.

　진천룡 등은 잠시 주위의 기척을 살피는 듯하더니 한쪽 방향으로 일제히 미끄러지듯이 날아갔다.

　구태여 대화를 나눌 필요가 없다. 다들 초극고수 수준이므로 주변을 감지하여 마기가 흘러나오는 전각을 찾아내면 되는 것이다.

　가월향에는 암중에 경계를 서는 고수가 십여 명 있으나 아무도 진천룡 일행을 발견하지 못했다.

　진천룡과 부옥령, 훈용강, 청랑, 은조 다섯 사람만 한 채의 전각으로 행운유수처럼 쏘아갔다.

　나머지 취봉삼비와 옥소, 정무웅은 암중에 경계를 서고 있는 십여 명의 고수들을 제압하러 갔다.

　이들 중에 한 명만으로도 경계하는 고수 십여 명을 능히 제압할 수 있지만 속전속결하기 위해서다.

　청랑과 은조는 취봉삼비 등이 경계하는 고수들을 제압했는지 신경도 쓰지 않고 전각의 문을 열었다.

스으으……

문의 한쪽이 조금 열리자 그 틈새로 은조가 빨려들듯이 쏘아 들어갔다.

그러고는 다섯 호흡쯤 후에 청랑이 문을 조금 더 열었고, 진천룡과 부옥령, 훈용강이 안으로 들어갔다.

진천룡과 부옥령이 안으로 들어서자 입구 안쪽과 계단 아래에 경장 차림의 고수가 각 한 명씩 제압되어 쓰러져 있는 게 보였다. 먼저 들어갔던 은조의 솜씨다.

청랑과 은조가 계단을 놔두고 수직으로 이 층을 향해 추호의 기척도 없이 쏘아 올랐다.

잠시 후 이 층에서 요란한 소리가 터져 나왔다.

퍼퍼퍼퍽!

와장창! 우지끈!

"흐억!"

"크억!"

"누, 누구냐?"

"무슨 짓이냐?"

예상했던 것보다 이 층에 꽤 많은 사람들이 모여 있었던 모양이다. 그렇다고 해도 청랑과 은조 둘이서 충분히 제압할 수 있을 것이다.

진천룡과 부옥령 등이 천천히 계단을 걸어 올라가는 중에도

이 층에서는 싸우는, 아니, 일방적으로 도륙하고 적들은 우왕 좌왕하는 소리가 요란했다.

차차창!

"으악!"

"아윽!"

청랑과 은조가 이 층의 많은 고수들을 무차별적으로 도륙하고 있는 것이 분명하다.

진천룡 등은 서두르지 않고 두런두런 대화까지 나누면서 천천히 계단을 올라갔다.

그때 전각 밖에서도 무기 뽑는 소리와 여러 명이 달려오는 소리가 들려왔다.

휘이익!

콰차차창!

이곳 전각에서 터져 나오는 비명을 듣고 근처에 있는 자들이 한꺼번에 몰려오고 있는 것이다.

하지만 그들은 전각에 이르기도 전에 밖에 있던 진천룡 측 근들의 역습을 받았다.

전각 안팎에서 한동안 비명과 신음이 어지럽게 이어지다가 이윽고 멈추었다.

양쪽이 다 놀랐다.

진천룡 일행은 이곳에 이렇게 많은 고수들이 득실거리고 있다는 사실에 놀랐다.

그리고 이곳에 있다가 제압된 고수들은 청랑과 은조 단둘이서 전각 내의 오십여 명을 모두 죽이거나 제압했다는 사실에 경악하고 있었다.

옥소와 정무웅, 취봉삼비 다섯 사람은 이 전각으로 몰려오는 백여 명을 모조리 죽이거나 제압했다.

전각 밖에서 제압된 자들은 그대로 방치해 두었다. 밖에서 경계를 하거나 잠복하고 있었다면 중요한 인물들이 아닐 것이기 때문이다.

가월향 내에서 가장 규모가 큰 전각인 이곳 이 층의 넓은 방에서는 연회가 벌어지고 있었다.

연회에 참석한 자는 십오 명뿐이고 나머지 삼십오 명쯤은 경계나 호위를 하던 고수들이었다.

은조는 눈썰미가 좋아서 연회에 참석한 십오 명을 정확하게 골라서 따로 앉히고 다른 자들은 밖에 내놓았다.

청랑과 은조는 탁자 둘레에 앉아 있는 십오 명이 중요할 것이라고 판단하여 그들은 일절 다치게 하지 않고 제압만 해두었던 것이다.

진천룡과 부옥령은 조금 전까지 이들이 연회를 하던 의자에 나란히 앉았고, 그 앞에 십오 명이 두 줄로 길게 늘어서 책상다리 자세로 앉혀졌다.

부옥령은 십오 명을 한 차례 훑어보고 나서 입가에 회심의 미소를 머금으며 진천룡에게 전음을 했다.

[재미있겠어요.]

진천룡은 시선을 십오 명에게 고정시킨 상태에서 전음으로 대답했다.

[검마요가 다 있는 것 같은데?]

부옥령은 가볍게 놀라는 표정으로 그를 쳐다보았다.

[마요는 알겠는데 '검'은 뭐죠?]

'마'는 마도, '요'는 요계를 가리킨다.

[검황천문이야.]

부옥령은 깜짝 놀랐다.

[그걸 알아내셨어요?]

[마기도 요기도 풍기지 않는 자라면 정파인일 테고, 그런 자가 이런 곳에서 마인, 요인과 같이 어울리고 있다면 당연히 검황천문이겠지. 틀렸나?]

부옥령은 배시시 미소 지으며 그를 바라보았다.

[정확해요. 주인님은 정말 똑똑해요. 아무도 없으면 뽀뽀해주고 싶어요.]

진천룡은 짐짓 모른 체했다.

[자, 시작하자.]

한번 흥분하면 물불 가리지 못하고 성난 멧돼지처럼 달려드는 진천룡이 모르는 척 무심하게 굴었다. 부옥령은 그의 그런 행동마저도 예쁘게 보였다.

부옥령은 십오 명을 둘러보면서 말문을 열었다.

"어떤 놈부터 시작할까?"

그러자 옆에 서 있던 훈용강이 공손히 말했다.

"일단 열다섯 놈 모두에게 분근착골수법을 가하고 난 다음에 시작하시는 게 어떻겠습니까?"

그러자 제압된 자들의 얼굴에 두려움이 파도처럼 떠오르고 몸을 움찔거렸다.

분근착골수법이 세상에 존재하는 수만 가지 고통 중에서 가장 지독하다는 사실을 모르는 무림인은 없을 것이다.

그런데 다짜고짜 자신들에게 분근착골수법부터 전개한다니까 소스라치게 놀라는 것은 당연하다.

부옥령이 진천룡에게 전음을 했다.

[찾으셨어요?]

[그래.]

방금 훈용강이 분근착골수법 운운하면서 겁을 준 것은 이유가 있어서 그랬다.

분근착골수법을 가하겠다고 하는데도 놀라지 않는 자를 찾아내려는 것이다.

진천룡은 뒷줄 오른쪽 끝에 앉아 있는 황의장포를 입은 사내를 턱으로 가리켰다.

"저자를 데려와라."

청랑이 손을 뻗어 그자를 가리켰다가 슬쩍 위로 들어 올리는 손짓을 하자 그가 앉은 자세에서 둥실 석 자 정도 허공으로 떠올랐다.

그걸 보고 허공에 떠올려진 자나 바닥에 앉아 있는 자들 모두 경악하여 눈을 찢어지게 부릅떴다.

소림사와 무당파의 장문인, 장로들이 허공섭물이라는 신공으로 두어 자 거리에 있는 찻잔을 끌어당길 수 있다는 사실은 너무도 유명하다.

그런데 지금처럼 너댓 자 거리의 사람을 허공섭물 수법으로 아무렇지도 않게 들어 올리는 것은 상상도 못 할 일이다.

은조가 진천룡과 부옥령 앞에 앉아 있는 두 명을 손으로 가리키며 먼지를 털듯이 좌우로 움직였다.

스슷…….

그러자 두 명이 앉은 자세에서 좌우로 두 자 정도 미끄러져 물러나며 그 자리에 공간을 만들었다.

그 자리에 청랑이 뒷자리에서 무 뽑듯이 허공으로 들어 올린 자가 스르르 가볍게 앉혀졌다.

사십 대 중반 나이에 구레나룻을 기른 황의장포인은 바닥에 앉혀지면서 아혈이 풀렸다.

부리부리한 눈에 매부리코, 두툼한 입술은 굳게 닫혀 있어 굴강한 성품을 나타내고 있다.

사내는 자신의 혈도가 풀렸다는 사실을 깨닫고는 진천룡을 보면서 가라앉은 목소리로 물었다.

"음… 귀하는 영웅문주요?"

진천룡이 누군지 간파한 장포인은 범상한 인물이 아니었다. 그러나 잠시 곰곰이 생각을 해보면 눈앞에 있는 준수한 청년이 누구라는 것을 유추하는 것은 그리 어렵지 않은 일이다.

진천룡은 고개를 끄떡였다.

"그렇네. 자넨 누군가?"

그가 자신이 영웅문주라고 시인하자 제압된 거의 대부분이 크게 놀라서 눈을 부릅떴다.

밤중에 들이닥쳐서 자신들을 제압한 자들의 우두머리가 영웅문주일 줄은 예상하지 못했다.

장포인은 잠시 생각하더니 착잡한 표정으로 말했다.

"나는 검황천문의 검천사자요."

부옥령은 침묵을 지켰다. 진천룡이 묻기 시작했으므로 그에게 맡기는 것이다.

그런데 진천룡은 다음 말을 하지 않고 잠자코 있었다.

부옥령과 훈용강은 진천룡의 의도를 짐작했다. 더 묻지 않을 테니까 계속 술술 털어놓으라고 검천사자를 종용하고 있는 것이 분명하다.

도마 위에 올려진 물고기 같은 신세인 검천사자가 그것을 모를 리가 없다.

그는 자신이 막다른 곳에 몰려 있으므로 더 이상 선택의 여지가 없다는 사실도 아울러 깨달았다.

검천사자는 착잡한 표정을 지으며 가라앉은 목소리로 나직이 중얼거렸다.

"이곳을 거점으로 삼으라는 명령을 수행하러 왔소."

진천룡은 여전히 입을 꾹 닫은 채 검천사자를 물끄러미 응시하고만 있었다.

검천사자는 속으로 끙! 신음을 토하고는 말을 이었다.

"이곳 항주성에 한 달 이내에 이만여 명의 고수들이 집결할 것이오. 그들이 며칠 동안 기거할 기반을 준비하는 것이 내 임무요."

이만여 명의 고수라는 말에 진천룡과 부옥령 등은 적잖이 놀랐지만 얼굴에 드러내지는 않았다.

진천룡은 마중천의 동마지천과 요천사계 사대요후의 넷째인 교선요후가 열 명의 요천사령과 백 명의 요마정수를 이끌고 조만간 영웅문을 공격할 것이라고만 알고 있었다.

그런데 무려 이만여 명이 항주성에 집결한다는 것이다.

그들 이만여 명이 항주성에 집결하는 이유를 물어볼 필요는 없다.

보나 마나 영웅문을 총공격하기 위해서일 것이지 다른 이유는 없을 것이다.

그래도 무려 검황천문까지 가세하였을 줄이야 놀라운 일이었다.

검천사자는 착잡한 표정으로 말했다.

"내가 받은 명령은 거기까지요."

부옥령은 이쯤 되면 자신이 나서야 할 때라고 판단했다.

그런데 진천룡이 검천사자에게 물었다.

"검황천문은 원래 마중천과도 교분이 있었느냐?"

"아니오."

진천룡은 검황천문 태문주인 동방장천의 사부 금혈마황 철염의 부인이 요천요황 자염빙이기 때문에 자연스럽게 검황천문과 요천사계가 친해졌을 것이라고 짐작했다.

그런데 요천사계는 원래 마중천과 수백 년 동안 서로 상부상조하는 사이였으니 자연스레 마중천이 검황천문하고 손을 잡는 일도 어렵지 않았을 터이다.

이지소재(利之所在) 천하추지(天下趨之), 이득이 있는 곳으로 천하가 몰린다고 했다.

그러므로 영웅문에 철천지원수가 있는 검황천문과 마중천, 요천사계가 손을 잡은 것은 이상한 일이 아니다.

오히려 자연스럽다. 세상 사람들은 검황천문이 정도지문이라고 알고 있지만 천만의 말씀이다.

그런데 도대체 어떻게 해서 이만여 명이나 되는 고수가 항주성에 집결한다는 말인가.

검황천문 직계 고수의 수는 만여 명 정도다. 검황천문이 거느리고 있는 방파와 문파의 고수들까지 합산해야지만 수십만 명이 된다.

그러나 그런 고수들을 짧은 기간 동안 이만여 명씩이나 규합했을 리가 없다.

검황천문이 아무리 최대한 조심하면서 거느리고 있는 방파와 문파들에서 고수들을 모은다고 해도 소문은 나게 마련이고, 그 정보는 시시각각 영웅문으로 날아들었을 것이다.

하지만 영웅문 풍영당에는 그런 첩보가 조금도 날아오지 않았었고 오히려 마중천과 요천사계의 움직임이 낱낱이 날아들었었다.

진천룡과 부옥령은 이곳에 앉아 있는 십오 명 중에서 누가 마중천 인물이고 누가 요천사계인지 겉모습만 척 보면 알 수 있을 것 같았다.

하지만 그들을 끄집어내서 물어보고 싶지 않았다. 검천사자가 모르는 것을 그들이 알고 있을 리가 없다.

그 귀찮은 일을 훈용강이 대신했다.

"너하고 너."

훈용강은 무리에서 두 명을 손가락으로 가리키면서 그들의 아혈을 풀어주었다.

"으음……."

그들의 나직한 신음을 들으면서 훈용강이 나직한 목소리로 물었다.

"순순히 말하면 분근착골수법을 전개하지 않겠다."

"물어보시오."

마중천 인물로 보이는 삼십 대 중반인 사내가 흔들리는 눈빛으로 말했다.

"마중천에서는 동마지천만 오고 있느냐?"

마중천 사내의 눈이 조금 커졌다. 그걸 어떻게 알고 있느냐는 눈빛이다. 하지만 그는 곧 체념하고 순순히 대답했다.

"그렇게 알고 있소."

"몇 명이나 되느냐?"

"본 천의 마정고수(魔精高手) 천오백 명이오."

이름만 들어봐도 마정고수라는 것이 마중천의 최정예라는 것을 짐작할 수 있다.

그렇다고 해도 마중천의 마정고수가 검황천문의 십이부인 탈혼부나 참영부 고수들보다 고강하지는 않을 것이다.

아니, 설혹 고강하다고 해도 마정고수 천오백 명으로 영웅문을 상대한다는 것은 가소롭기 짝이 없다.

훈용강은 요천사계의 요녀에게는 물어보고 싶은 마음마저 사라졌다.

第百七十五章

무극애 출현

진천룡은 한 손을 들어 올려 앉아 있는 자들을 향해 순정강을 발출했다.

츠으읏!

처음에 그의 손에서 발출된 회부연 빛은 한 줄기였으나 찰나지간 스물여덟 줄기로 갈라지더니 검천사자를 제외한 열네 명의 혼혈을 제압해 버렸다.

파파파파아아…….

"음……."

"흑……."

답답하고 미약한 신음이 흐르고는 곧 잠잠해졌다.

진천룡은 검천사자에게 조용히 말했다.

"너를 제외하고 모두 혼혈을 제압했다."

검천사자는 그 말이 무슨 뜻인지 즉시 짐작했다. 할 말이 있으면 하라는 얘기다.

아니, 그가 속에 있는 말을 하지 않으면 수단과 방법을 가리지 않고 쥐어짜 낼 것이 분명하다.

그가 무엇을 감추고 있다는 사실을 저들이 간파했으므로 반드시 알아내고야 말 터이다.

진천룡은 검천사자를 억압하지 않고 부드럽게 말했다.

"감추고 있는 것이 뭐냐?"

이 부분에서 부옥령과 훈용강이 놀랐다. 두 사람은 산전수전 다 겪은 노련한 인물들이지만 사실 거기까지는 미처 간파하지 못했기 때문이다.

그래서 두 사람은 정말 진천룡의 말이 맞는지 검천사자를 주시했다.

검천사자는 침묵을 지키고 있는데 진천룡은 그를 닦달하지 않고 생각할 시간을 충분히 주었다.

이럴 때 몰아붙이면 될 일도 안 될 수 있다는 사실을 진천룡은 많지 않은 경험을 통해서 터득했다.

부옥령은 일절 간섭하지 않고 이 일은 전적으로 진천룡에게 맡겼다.

검천사자는 지금까지 발설한 내용으로는 검황천문에서 크

게 추궁을 당하지 않을 것이다.

그가 한 말은 여기에 있던 마고수나 요녀들도 다 알고 있는 내용이었기 때문이다.

하지만 그가 지금껏 침묵하고 있었던 진짜 중요한 내용을 발설한다면 그는 검황천문으로 돌아가는 즉시 죽음을 당할 게 분명하다.

지금 이 자리에서 그가 입을 다문다면 진천룡에게 죽음을 당하고 말 것이다.

반대로 그가 알고 있는 내용을 순순히 발설한 것 덕분에 설혹 진천룡이 그를 살려준다고 해도 검황천문에 돌아가면 죽은 목숨이다.

죽음이란 누구에게나 두려운 존재다. 확고한 대의명분이나 투철한 사명감으로 목숨을 초개같이 내던지는 사람이 있기는 하지만 지금 검천사자는 그럴 생각이 없다.

이렇게 죽는다면 그저 개죽음일 뿐이다. 가족은 어떻게 하고 그의 남은 생은 또 어쩌란 말인가.

이 세상에 왔으니 한번 보란 듯이 살아보고 싶은 것은 인간이라면 누구나 갈망하는 바이다.

진천룡은 충분한 시간을 주었다가 지금 검천사자가 가장 필요로 하는 딱 한마디만 했다.

"네가 원하는 것은 모두 들어주겠다."

검천사자의 얼굴에 기대하는 표정이 떠오르는 것을 진천룡 등은 놓치지 않았다.

검천사자는 반신반의하는 얼굴로 물었다.

"정… 말이오?"

진천룡은 고개를 끄떡이며 무척이나 믿음이 가는 표정으로 말했다.

"무엇을 원하든지 다 들어주겠다."

검천사자가 한 가닥 망설임이 남은 표정으로 자신을 바라보는 것을 보며 진천룡은 그가 무슨 생각을 하는지 간파하고 부드럽게 말했다.

"너를 깨끗하게 세탁을 해주마."

검천사자는 의아한 표정을 지었다.

"그게 무슨……."

진천룡은 보는 사람이 푸근하게 마음이 놓일 것 같은 미소를 지었다.

"너의 신분을 새로 만들어주겠다는 얘기다. 검황천문이 절대 너를 찾아내지 못하도록 말이다."

"아……."

"또한 네가 원하는 사람이 몇 명이라도 모두 네가 원하는 장소에 데려다주겠다."

검천사자의 얼굴에 비로소 환한 안도의 표정이 떠올랐고 마혈이 제압됐음에도 불구하고 고개를 끄떡이려는 움직임을 보이기까지 했다.

문득 검천사자는 조심스럽게 말했다.

"만약 내가 갖고 있는 정보가 중요하지 않으면 어떻게 되는 것이오?"

진천룡은 진중하게 말했다.

"그렇다고 해도 약속을 지키겠다."

원래 진천룡은 진중한 표정을 짓는 것도 그런 분위기를 잡는 것도 싫어하지만 지금은 자연스럽게 그런 표정이 지어졌다.

하지만 그 자신도 지금 자신이 어떤 표정을 짓고 있는지 알지 못했다.

검천사자는 진천룡이 너무 순순히 나오는 탓에 더럭 의심이 들었다.

"정말이오?"

"이봐."

진천룡은 느긋하게 설명했다.

"너에게 분근착골수법을 전개하면 술술 다 불겠지. 견딜 자신은 없겠지?"

"……!"

검천사자는 지금 당장 진천룡이 분근착골수법을 시전할 것 같아 등골이 쭈뼛해서 입을 다물었다.

그가 그러거나 말거나 진천룡은 태연히 말을 이었다.

"그런데도 네가 원하는 대로 다 들어주겠다고 하는 이유가 무엇인 것 같으냐?"

"…무엇이오?"

"널 죽이기 싫어서다."

"……!"

"아니, 난 사람 죽이는 게 싫다. 될 수 있으면 살인하지 않고 목적을 이루고 싶은 게 솔직한 심정이야."

검천사자로서는 원하는 대답을 넘치도록 들었다. 이제는 진천룡의 말을 무조건 믿는다.

이런 사람의 말을 믿지 않는다면 차라리 죽어버리는 것이 나을 터이다.

세상이란 그 정도로 형편없어서 살 만한 가치가 없는 것일 테니까 말이다.

검천사자는 어째서 영웅문이 그토록 짧은 시일에 급속도로 급성장하여 지금의 대문파가 되었는지 이제야 조금쯤 알 수 있을 것 같았다.

진천룡에게는 여러 가지 매력이 있는데, 그중 가장 큰 첫 번째는 사람을 매혹시키는 힘이었다.

친구는 물론이지만 적이라고 해도 그와 대화를 하다 보면 어느새 자신도 모르게 그에게 흠뻑 매료되어 있는데 그것을 뒤늦게 발견하게 되는 것이다.

두 번째, 아니, 어쩌면 이것이 첫 번째일지도 모르는데, 그의 대인적(大人的)인 풍모다.

솔직히 그의 언행이 정의롭다거나 의협심이 넘친다고 딱 잘라서 말할 수는 없다.

그는 이따금 잔인하기도 하고 목적을 위해서라면 비상식적인 일도 서슴없이 한다.

그렇지만 그가 선행을 하든 악행을 하든 그런 것들의 근간에는 '대인적인 풍모'라는 것이 매우 두텁고도 폭넓게 깔려 있는 것이다.

'대인적인 풍모'는 비열하거나 비겁하지 않은 것이다. 또한 교활하지 않으며 정정당당한 것이기도 하다.

검천사자는 진천룡이 '살인하지 않고 목적을 이루고 싶다'라고 말한 것에 크게 마음이 움직였다.

검천사자는 눈동자만을 이리저리 굴려서 부옥령과 훈용강을 쳐다보았다.

그는 훈용강이 누군지 안다. 사파의 지존 삼절맹의 맹주인 그가 영웅문주 전광신수의 수하가 됐다가 세 배 이상 고강해졌다는 소문은 무림에 파다하다.

검천사자는 마음이 바뀌었다. 조금 전까지만 해도 자신과 가족들이 무사하면 그것으로 만족할 수 있을 것이라고 생각했는데 지금은 욕심이 생겼다.

검천사자는 일렁이는 눈빛으로 진천룡을 쳐다보며 조심스럽게 입을 열었다.

"부탁이 있습니다."

그는 말투를 공손하게 바꾸었다.

"뭔가?"

검천사자는 마혈이 제압된 상태가 아니라면 바닥에 넙죽 부복했을 것이다.

"거두어주십시오."

그렇지만 부복하지 않아도 괜찮았다. 그의 얼굴에 가득 떠오른 진지함과 복종의 그것은 부복한 것 이상의 충정을 보이고 있었다.

검천사자는 처음에 빈손이었던 진천룡이 영웅문을 개파하고 나서 난다 긴다 하는 인물들을 하나둘씩 수하로 거두면서 급성장했다는 사실을 너무도 잘 알고 있다.

뿐만 아니라 영웅문에는 고수들이 가족들과 함께 기거하는 또 하나의 도읍인 영웅사문이 존재한다는 사실은 온 천하를 떠들썩하게 만들었다.

"당신의 수하가 되고 싶습니다."

부옥령이나 훈용강, 청랑, 은조는 놀라지 않았다. 그럴 줄 알았기 때문이다.

그러나 정작 놀란 사람은 진천룡이다. 그는 이야기하던 중에 검천사자가 느닷없이 수하가 되겠다고 할 줄은 전혀 예상하지 못했다.

"허어……."

부옥령이 무형지기로 검천사자의 마혈을 풀어주자 그는 몸을 움찔 떨더니 즉시 바닥에 엎드렸다.

"부디… 거두어주십시오……!"

"이유가 뭐냐?"

"당신을 존경하게 되었습니다."

부옥령과 훈용강은 가볍게 고개를 끄떡였다. 검천사자가 방금 한 말이 가장 합당한 이유이기 때문이다.

쑥스러운 진천룡은 멋쩍게 웃으며 부옥령을 쳐다보았다.

부옥령은 자랑스럽다는 표정을 지으며 미소와 함께 고개를 끄떡여 보였다.

진천룡은 검천사자를 보며 조용히 말했다.

"나는 존경을 받을 만한 사람이 못 된다."

검천사자는 이마를 바닥에 댄 자세에서 억눌린 듯한 목소리로 말했다.

"만약 당신이 존경받을 만한 사람이 못 된다면 무릇 부처님과 공자님도 존경할 가치가 없어야 합니다."

진천룡은 어이없는 표정을 지었다. 검천사자가 방금 전에 그를 부처님, 공자님과 같은 반열에 올려놓은 것이다.

진천룡은 어색한 표정을 지으면서 이번에는 훈용강을 쳐다보았다.

그런데 훈용강은 얼굴 가득 진심 어린 표정을 떠올린 채 검천사자의 말이 맞다는 듯 고개를 끄떡이는 게 아닌가.

[너… 왜 그래?]

[검천사자 저놈, 눈이 제대로 박혔군요.]

진천룡이 어이없는 얼굴로 묻자 훈용강은 아예 한술 더 떠서 말했다.

진천룡은 팔짱을 끼고 검천사자를 굽어보았다.

"흠, 그럼 내 휘하에 들어와서 무슨 일을 하고 싶으냐?"

"아무것이나… 시키는 대로 다 하겠습니다."

"그런 무책임한 말이 어디에 있느냐? 자신이 잘하는 일이 있을 것 아니냐? 기왕지사 그런 일을 하면 좋지 않겠느냐? 좀 더 생각해 보고 말해보거라."

"그… 그렇습니다."

검천사자는 잠시 뜸을 들였다가 고개를 들고 조심스럽게 입을 열었다.

"저는 진(陣)을 좋아하고 배운 적도 있습니다. 그러므로 진에 대한 일을 하고 싶습니다."

진천룡이 쳐다보니까 부옥령이 미소를 지으면서 고개를 끄떡여 보였다.

무림에서 활약을 하는 한, 진이라는 것은 필수적이다. 진이 별것 아닌 것 같지만 그걸 몰라서 죽을 수도 있다.

무림을 돌아다니다가 독에 걸릴 확률이나 진에 걸릴 확률이 비슷하다는 통계도 있다.

부옥령은 진에 대해서 일가견이 있는데 물론 설옥군에게 배운 것이다.

부옥령은 이참에 영웅문 내에 진법만을 전문적으로 다루는 조직을 하나 만들어야겠다고 생각했다.

머리가 좋은 자들을 선발해서 그녀가 틈틈이 가르치면 문제 없을 것이다.

그리고 거기에 검천사자를 넣으면 금상첨화가 아니겠는가. 물론 그 전에 그를 시험해 봐야 하는 것은 당연하다.

기왕지사 진법 조직을 만드는 거 아예 독에 대한 조직도 만 들면 괜찮을 터이다.

진천룡은 검천사자에게 넌지시 물었다.

"이름이 뭐냐?"

"네?"

불쑥 이름을 묻자 검천사자는 조금 당황했다.

"내 수하가 되겠다면서 이름도 밝히기 싫은 것이냐?"

"앗!"

"앞으로 나는 너를 검천사자라고 부르마."

"아, 아닙니다! 두봉정(斗峯頂)… 성은 두이고 이름이 봉정입 니다. 정이라고 불러주십시오!"

검천사자 두봉정은 크게 당황한 나머지 엎드린 자세에서 허 공으로 펄쩍 한 자나 뛰어올랐다.

진천룡은 손으로 은조를 불렀다.

"조야, 봉정에게 데리고 올 사람이 누군지 물어 다 적어두었 다가 즉시 데려올 수 있도록 해라."

"알겠습니다."

두봉정은 그 말만 듣고도 감격하여 가슴이 꿈틀거리고 울대가 꿀럭거렸다.

두봉정이 보기에 진천룡의 한마디는 천만금의 무게가 있어서 무조건 믿을 수 있을 것 같았다.

*   *   *

두봉정이 비밀스럽게 한 말을 듣고 난 진천룡과 부옥령, 훈용강의 얼굴이 심각하게 변했다.

진천룡이 무겁게 중얼거렸다.

"호천궁(昊天宮)이라고……?"

부옥령과 훈용강은 돌처럼 굳은 얼굴로 깊은 생각에 잠기었다.

진천룡은 천하사대비역 중 하나인 호천궁에 대해서는 이번에 처음 듣는 것이었다.

그는 항상 필요한 경우에 필요한 정보나 지식만을 원할 뿐이지 미리 알아두지는 않았다.

설마 검천사자 두봉정이 호천궁을 말할 줄은 전혀 예상하지 못했었다.

천하사대비역은 성신도와 무극애, 창파영, 호천궁이다. 그들 중에 호천궁이 마침내 출현했다는 것이다.

두봉정이 호천궁을 언급하기 전까지 진천룡은 호천궁이라

는 말을 들어본 적이 없었다.

진천룡은 부옥령과 훈용강에게 물었다.

"그게 가능한 일이야?"

"가능합니다."

"불가능하지 않아요."

훈용강이 먼저 대답하고 부옥령이 조금 늦게 대답했다.

부옥령이 말을 이었다.

"다만 많이 놀랐을 뿐이에요."

부옥령이 많이 놀랐다면 굉장한 일이다. 그녀는 웬만한 일로
는 놀라지 않기 때문이다.

진천룡은 부옥령이 놀라는 모습을 거의 본 적이 없다. 그녀
를 놀라게 할 수 있는 사람은 진천룡뿐이다.

두봉정이 거짓말을 했을 것이라고는 생각하지 않는다. 거짓
말을 할 상황도 아니거니와 그렇게 해서 자신에게 득 되는 것
이 전혀 없다.

이 상황에서 그가 거짓말을 했다면 정신이 나간 놈이다. 죽
음 그 이상의 것들을 모조리 희생해야 하기 때문이다.

진천룡은 고개를 갸웃거렸다.

"난데없이 호천궁이 무엇 때문에 우릴 공격하는 거지? 이유
가 뭐야?"

"글쎄요."

훈용강은 고개를 갸웃거리고 부옥령은 깊은 생각에 잠겨서

진천룡의 말을 듣지 못한 것 같았다.

진천룡은 미간을 좁혔다.

"호천궁이 고수들을 이만 명이나 이끌고 오는 것인가?"

"그건 모르겠습니다."

그때 부옥령이 불쑥 말했다.

"제 생각이지만 아무래도 호천궁이 큰 오해를 하고 있는 것 같아요."

그녀의 뜬금없는 말에 진천룡은 의아한 표정으로 물었다.

"뭘 오해했다는 거지?"

부옥령은 진지하게 말했다.

"얼마 전 본문에 성신도 사람들이 왔었잖아요."

"그랬지."

"호천궁이 그걸 알게 된 거 같아요."

진천룡은 의아한 표정을 지었다.

"어떻게 알았지?"

"대도주가 타고 온 신대붕을 봤겠죠. 신대붕은 성신도의 영물이니까 무림에 식견이 있는 사람이라면 누구라도 알아볼 수 있었겠지요."

"아……."

진천룡은 나직한 탄성을 흘렸다.

신대붕이 워낙 거대한 영물이라서 아무리 빠르게 지상으로 내려앉았다가 하늘로 쏘아 올랐다고 해도 필시 본 사람이 있을 것이다.

그렇게 한 사람이라도 보게 되면 소문이 퍼져 나가는 것은 시간문제다.

그러나 진천룡의 의문은 그것이 아니라서 의아한 표정을 지으며 물었다.

"성신도 사람이 본문에 다녀간 것이 대체 호천궁하고 무슨 상관이지?"

부옥령은 정이 듬뿍 담긴 눈빛으로 진천룡을 바라보면서 예쁜 입술을 종알거렸다.

"천하사대비역에 대해서 잘 모르시죠?"

"당연하지."

지금 이곳 실내에는 진천룡과 부옥령, 훈용강 세 사람만 있다. 부옥령은 뻣뻣하게 서 있는 훈용강에게 맞은편 자리를 턱짓으로 가리켰다.

"앉아라."

청랑과 은조는 항주성주를 데리러 갔다. 그에게도 물을 것이 있기 때문이다.

훈용강이 앉자 부옥령은 옆에 앉은 진천룡을 바라보면서 설명을 시작했다.

"천하사대비역이 생기게 된 이유가 무엇인지 아세요?"

"나야 모르지."

"천하사대비역은 각자가 나라를 세웠어요."

전혀 예상하지 않았던 말에 진천룡은 눈을 크게 떴다.

"그게 무슨 소리야? 나라를 세우다니?"

천하사대비역이 나라를 세웠다는 말은 훈용강으로서도 금시초문이다.

하기야 천하사대비역이 어떻게 생겼는지에 대한 역사는 그동안 비밀에 묻혀 있었다.

"천하사대비역은 새 나라가 세워질 때마다 혁혁한 공을 세웠어요. 그래서 그 나라가 존속하고 있는 동안에는 건국의 주역인 비역은 신성불가침적인 존재가 됐었지요."

진천룡은 몹시 궁금한 표정을 지었다.

"천하사대비역의 어떤 세력이 어떤 나라를 세우는 데 공을 세운 거지?"

부옥령은 막힘없이 대답했다.

"제일 먼저 공을 세운 것은 창파영이었어요. 창파영이 큰 공을 세워서 개국한 나라가 당(唐)나라였으며, 당나라 개국 직후에 창파영은 천하제일의 방파로서 무소불위의 권력과 세력을 휘둘렀지요."

"당나라를 개국하는 과정에 창파영이 그렇게 큰 힘을 보탰었던 거야?"

부옥령은 고개를 끄떡였다.

"만약 창파영의 도움이 없었으면 당나라를 개국하지 못했거나 몇십 년 늦어졌을 거예요."

"그 정도였어?"

"그래요. 그 정도니까 창파영이 황궁을 능가하는 권력을 휘두른 것이지요."

"그렇군. 당나라 다음이 송(宋)나라였지?"

"네. 송나라 때는 무극애(無極崖)였어요."

"음, 무극애."

천하사대비역이 있으며 그중에서도 천하이대성역이 있는데 바로 성신도와 무극애다.

진천룡은 궁금했던 것을 물었다.

"그런데 비역은 뭐고 성역은 뭐지?"

"개국하는 데 최고의 공신 역할을 한 세력을 비역이라 하고, 그중에서도 천하에 선한 일을 많이 한 세력을 성역이라고 불러요."

"그렇군. 그런데 그건 누가 정했지?"

"사람들이죠. 비역이니 성역이니 하는 것들은 다 세상 사람들이 갖다 붙인 거예요."

"그렇겠지."

진천룡은 고개를 끄떡였다.

"성신도와 무극애는 무소불위의 권력이 있었는데도 각자의 시대에 권력을 휘두르지 않았으며 천하를 위해서 아주 많은 선행을 베풀었어요."

"무슨 말인지 알겠군. 그렇다면 송나라 무극애 다음은 호천궁인가?"

"어떻게 아셨어요?"

진천룡은 빙긋 미소 지었다.

"당금 천하에서 천하사대비역 중에서 성신도의 영향력이 가장 대단한 것 같아서 말이야. 그래서 대명제국 개국공신이 성신도라고 짐작한 거야."

"맞아요. 호천궁은 원나라가 개국하는 데 큰 공을 세웠으며, 성신도는 당금 대명제국을 세우는 데 일등 공신이었어요. 일설에 의하면 성신도가 대명제국을 건국한 태조 주원장을 여러 차례 위기에서 구해주었다고 해요."

진천룡은 다시 본론으로 돌아갔다.

"그런데 호천궁이 본문을 공격하는 것과 천하사대비역이 무슨 연관이 있는 거지?"

"호천궁은 성신도가 천하일통의 야망을 품었을 것이라고 짐작한 것 같아요."

"천하일통?"

부옥령은 훈용강을 한 번 보고 나서 나직한 목소리로 말을 이었다.

"천군성을 만든 것이 성신도예요."

"아!"

진천룡은 가만히 있는데 훈용강이 크게 놀라 나직한 탄성을 내뱉었다.

성신도가 천하양대세력 중 하나인 천군성을 만들었다는 사실은 극비 중에서도 극비다.

천하를 통틀어서 그 사실을 알고 있는 사람은 다섯 손가락으로 꼽을 정도일 것이다.

그런데 그 다섯 손가락에 진천룡이 꼽힌다. 설옥군이 천군성주이며 그녀가 성신도 대도주인 화라연의 손녀라는 사실을 알게 되었기 때문이다.

진천룡은 고개를 끄떡였다.

"음… 그렇다면 검황천문을 만든 것은 무극애인가?"

"아! 어떻게 아셨어요?"

부옥령은 깜짝 놀랐고, 훈용강은 그녀보다 열 배는 더 놀랐다. 아니, 경악했다.

부옥령은 천군성을 만든 암중의 세력이 성신도라고만 말했지 무극애가 검황천문을 만들었을 것이라고 추측할 만한 그 어떤 단서도 주지 않았다.

진천룡은 별거 아니라는 듯 어깨를 으쓱했다.

"령아, 네 말을 들어보니까 무극애가 검황천문을 만들었을 것이라고 저절로 추측이 됐어."

"어떻게요?"

"그냥 천하이대성역이 천하양대세력인 천군성과 검황천문을 만들었을 것 같더군."

"그렇군요."

두봉정은 영웅문 공격을 계획한 것이 호천궁이라고만 말해주었다.

그가 일개 검천사자인 것을 감안하면 그 사실을 알고 있는 것만 해도 대단한 일이었다.

또한 두봉정은 마중천과 요천사계가 영웅문을 공격하려고 검황천문에 협력을 요구했는데 태문주 동방장천이 처음에는 수락하지 않았었다고 말했다.

그것만으로도 무궁무진한 상상력을 발휘할 수가 있다. 그럴 수 있는 이유는, 그것들 배후에 무극애와 호천궁이 도사리고 있기에 가능한 일이다.

부옥령은 자신이 추리해 본 결과를 설명했다.

"검황천문과 마중천, 요천사계는 본문에 원한을 품고 있어요. 그중에서도 검황천문의 원한이 가장 깊을 거예요. 우리에게 제일 많이 죽은 데다 태문주와 금혈마황은 중상을 입었으며, 요천여황이 죽었잖아요."

"그렇지."

부옥령은 눈을 빛내며 말을 이었다.

"검황천문은 여러 번 본문에 당했기 때문에 섣불리 나서지 않을 거예요. 그러다가 호천궁이 본문을 손보려고 한다는 첩보를 입수하고는 마중천과 요천사계가 내민 손을 마지못한 척 잡아준 것 같아요."

진천룡은 고개를 끄떡였다.

"이제 알겠어."

부옥령은 그의 뜬금없는 말에 의아한 표정을 지었다.

"뭘 말인가요?"

"갑자기 호천궁이 나선 이유 말이야."

"뭔데요?"

부옥령만이 아니고 훈용강도 잔뜩 궁금한 표정을 짓고 진천룡이 무슨 말을 할지 귀를 기울였다.

"호천궁도 천하일통을 노리고 있기 때문이겠지."

진천룡의 말에 부옥령은 실소를 지었다.

"호천궁이 오해를 하고 있는 거예요. 성신도는 천하일통에는 관심이 없어요."

진천룡은 빙그레 미소 지었다.

"네가 어떻게 알아? 누구한테 확인한 거야?"

"아니… 확인한 것은 아니지만……."

부옥령은 말하던 중에 진천룡에게서 뭔가 이상한 낌새를 감지하고 의아한 얼굴로 물었다.

"제가 모르고 있는 것을 아시는 게 있으세요?"

진천룡은 고개를 끄떡이면서 말했다.

"내가 할머니하고 대화를 많이 했잖아."

"그러셨지요."

"할머니하고 대화하는 중에 느꼈어. 성신도, 아니, 할머니가 천하일통의 야망을 품고 있다는 걸 말이야."

부옥령은 눈을 동그랗게 떴다.

"그러셨어요?"

진천룡은 자신이 화라연과 대화하면서 느꼈던 점들을 간략하지만 상세하게 설명했다.

그는 부옥령에게도 화라연과 있었던 일을 한 번도 얘기한 적이 없었다.

그는 화라연이 설옥군을 효성태자와 혼인시키려 하기 때문에 진천룡을 손녀사위로 받아들일 수 없다고 말했던 일과 진천룡을 제자로 거두려고 했는데 그가 끝까지 거절했었던 일을 설명했다.

적잖이 놀라는 표정으로 설명을 듣고 난 부옥령은 심각한 표정을 지었다.

"설 소저를 효성태자와 혼인시키려는 의도가 천하일통을 하려는 목적일 수도 있지만 아닐 수도 있어요."

진천룡은 물끄러미 부옥령을 응시했다.

평소와는 다른 그의 시선을 느낀 부옥령은 얼굴을 살짝 붉히며 그를 곱게 흘겼다.

"왜… 그래요?"

진천룡은 문득 그 당시에 부옥령이 화라연에게 했던 행동이 생각나서 가슴이 잔잔히 격동했다.

천하를 쥐락펴락하는 성신도 대도주인 화라연에게 부옥령은 두 눈 똑바로 뜨고 말했었다.

"당신이 제아무리 성신도의 대도주이고 군 매의 할머님이라고 해도 여기 계신 이분을 더 이상 핍박한다면 절대로 좌시하지 않겠어요."

그 당시에 진천룡은 화라연과의 대화에서 위축되어 전전긍긍했었는데 부옥령의 말에 크게 고무되어 속에 있는 말을 시원하게 쏟아낼 수 있었다.

그러나 화라연의 화를 돋우었기에 싸움이 벌어져서 결국 부옥령의 목이 부러졌었다.

*　　　　*　　　　*

슥…….

진천룡은 손을 뻗어 부옥령의 뺨을 어루만지며 진심이 가득한 표정을 지었다.

"네가 내 곁에 와주지 않았으면 여기까지 오지도 못했다. 고맙다, 령아."

"주군……"

부옥령은 눈물이 핑 도는 것을 겨우 참았다. 만약 이 자리에 훈용강이 없었으면 그녀는 득달같이 진천룡에게 달려들어 안기면서 울음을 터뜨렸을 것이다.

진천룡은 빙그레 웃으면서 손을 거두고 말했다.

"그때 말이다. 내가 할머니에게 혹시 성신도가 천하제패를 하려는 것이 아니냐고 물으니까 할머니가 뭐라고 말했는지 짐작하겠느냐?"

총명한 부옥령도 고개를 갸웃거렸다. 화라연에 대해서 아는 것이 없기에 짐작할 수도 없다.

"글쎄요. 뭐라고 하셨나요?"

"내가 할머니의 제자가 되면 나한테 천하를 물려주겠다고 말했다."

"아……."

추호도 예상하지 못했던 대답에 부옥령과 훈용강은 적잖이 놀랐다.

화라연의 그 말은 성신도가 천하제패를 하겠다는 뜻이었다. 그래야지만 제자로 거둔 진천룡에게 천하를 물려줄 수 있을 것이니까.

부옥령은 놀라움이 가시지 않는 얼굴로 중얼거렸다.

"성신도가 천하제패의 야망을 품고 있다니 쉽사리 믿어지지가 않아요."

훈용강은 고개를 끄떡이며 심각한 얼굴로 동조했다.

"그렇습니다. 천하 만민의 존경을 받고 있는 성신도가 천하제패라니 어이가 없군요."

진천룡은 담담하게 말했다.

"어느 누구라도 그 속을 들여다보기 전에는 이렇다 저렇다 단정할 수 없는 것이다."

그는 마치 세상을 달관한 노승이나 노도사처럼 말했다. 그도 자신이 이처럼 심오한 말을 하게 될 줄 몰랐기에 스스로 뜨악해졌다.

부옥령은 그 말을 이해했지만 훈용강은 무슨 뜻인지 몰라 의아한 표정을 지었다.

진천룡은 날이 갈수록 빠르게 발전하고 있어서 부옥령을 적잖이 놀라게 했다.

진천룡의 목소리가 좀 더 차분해졌다.

"나는 이렇게 생각한다. 성신도가 천하제패를 하려는 데에는 그럴 만한 이유가 있을 것이라고 말이다. 그 역시 섣불리 짐작할 수 없겠지."

부옥령은 그의 말을 끊지 않으려고 침묵을 지키면서 눈빛으로 그를 성장을 칭찬했다.

진천룡은 매우 진지한 표정을 지었다.

"솔직히 말하면, 나는 지금 뚜렷한 목적을 갖고 있지 않아. 어쩌다 보니까 여기까지 온 거야."

그것은 그의 말이 옳다. 처음에 그가 영웅문을 개파할 때에는 어떤 목표를 갖고 있지 않았었다.

그는 다만 설옥군을 비롯하여 가족들과 함께 살아갈 수 있는 기반이 필요했을 뿐이다.

그랬었는데 차츰 동료들이 그의 주위에 모여들었고 여러 방
파와 문파들이 군집하여 영웅문은 마른 들판에 피어오른 불길
처럼 시뻘겋게 불타올랐다.

진천룡은 두 팔을 벌리고 어깨를 으쓱했다.

"다 등을 떠밀려서 여차여차하다 보니까 지금의 영웅문이
되고 지금의 내가 된 거야."

그때 문이 열리고 청랑과 은조가 두 사람을 데리고 들어와
서 공손히 허리를 굽혔다.

"성주를 데려왔어요."

데리고 온 사람은 사십 대의 남녀이며 남자는 단아한 서생
같은 모습이고 여자는 매우 기품 있는 전형적인 귀족 가문의
여자처럼 보였다.

그런데 두 사람은 끌려온 것이 아니라 제 스스로 온 것처럼
당당한 표정이다.

진천룡이 청랑과 은조를 보니까 그녀들이 남녀를 강압적으
로 끌고 온 것 같지는 않았다.

은조가 남녀에게 명령했다.

"주군께 인사 올려라."

그러나 남녀는 꼿꼿한 자세로 꼼짝도 하지 않고 진천룡을
주시하기만 했다.

그러자 은조가 발끈해서 손을 들어 올렸다.

"죽고 싶으냐?"

그런데도 남녀가 눈 하나 까딱하지 않자 은조는 남자를 향해 사 성의 공력으로 일장을 발출했다.

휘이잉!

"관을 봐야지만 눈물을 흘리겠구나!"

은조는 위력은 약하지만 파공음을 크게 내서 일부러 겁을 주려고 했다.

그러다가 남녀가 겁에 질리거나 진천룡이 멈추라고 하면 즉시 멈출 생각이다.

파아아!

그런데 남녀는 요란한 파공음을 내면서 일장이 지척까지 쇄도하는데도 반응을 보이지 않고 진천룡과 부옥령을 향해 서 있을 뿐이다.

일이 이쯤 되니까 당황한 사람은 은조다. 그녀는 즉시 일장을 회수하려고 했다.

[계속 공격해라.]

"……!"

은조는 진천룡을 쳐다볼 겨를이 없다. 그것이 그의 목소리라는 사실을 깨닫는 순간 공격을 계속 이어갔다.

진천룡은 은조가 일장을 발출하는 순간 남녀의 눈빛이 미미하게 흔들리는 것을 발견했다.

그러나 그것은 두려움 때문이 아니라 은조가 못마땅하다는 눈빛이었다.

남녀는 실내에 들어설 때부터 추호도 두려워하거나 위축된 모습이 아니었다.

강자는 강자를 알아보는 법이다. 진천룡이 봤을 때 남녀는 실력을 감춘 고수가 분명했다.

그때 은조 쪽에서 가깝게 서 있는 여자가 쳐다보지도 않고 뒤쪽에서 쇄도하는 일장을 향해 소매를 가볍게 떨쳤다.

다음 순간 호박이 깨지는 음향이 답답하게 터졌다.

픽!

반탄력의 여파에 여자의 상체가 가볍게 흔들렸지만 두 발은 바닥에 붙어 있었다.

반면에 은조는 뒤로 두 걸음이나 물러난 후에 중심을 잡는데 얼굴에는 어이없는 기색이 역력했다.

진천룡이 봤을 때 여자는 방금 전에 반격을 하는 데 전력을 다하지 않았다.

그렇다고 해도 상대가 발출한 일장의 위력을 모르기 때문에 이런 경우에는 전력의 칠 성쯤 발출하는 것이 상식이다.

진천룡이 보니까 은조는 전력의 사 성에서 오 성쯤 발출한 것 같았다.

그랬는데 은조가 뒤로 두 걸음 물러났으니까 전체적으로 봤을 때 여자는 은조보다 한 수 아래인 듯하다.

일대일로 싸우면 은조가 이십 초 이내에 여자를 제압할 수 있을 터이다.

은조는 원래 진천룡에게 은혜를 입어서 공력이 삼백이십 년 수준으로 급증했었다.

이후 꾸준히 연마하여 현재 삼백오십 년 수준이 되었는데 여자의 공력은 어림잡아서 삼백 년 수준일 것이다.

아무리 그렇다고 해도 여자는 얼핏 봐도 성주의 부인인 듯한데 삼백여 년의 어마어마한 공력의 절정고수 수준이라니 전혀 뜻밖의 일이다.

여자는 자신의 반격으로 은조를 겨우 두 걸음 물러나게 한 것에 약간 놀라는 표정을 지었다.

최소한 은조가 쏜살같이 튕겨 나가서 벽에 거세게 부딪쳐 중상을 입을 것이라고 예상했었다.

그렇지만 전혀 뜻밖의 결과가 나왔기에 여자는 잠시 염두를 굴리면서 은조의 실력을 저울질해 보고는 자신보다 한 수 아래라고 판단했다.

그러면서도 놀란 이유는 은조가 자신보다 한참 하수일 것이라고 예상했기 때문이다.

"흥!"

여자는 은조를 힐끗 쳐다보고는 같잖다는 듯이 차갑게 코웃음 쳤다.

여자는 귀족적인 기품을 지녔는데 이제 보니 오만함도 겸비한 듯하다.

진천룡은 성주 부부라고 데려온 남녀가 매우 수상하다는

생각이 들었다.

관에서 임명한 항주성의 성주가 무림의 절정고수일 리가 없기 때문이다.

부옥령은 남녀에게서 무언가를 찾아내려는 듯 눈도 깜빡이지 않고 그들을 주시하고 있었다.

진천룡은 남녀를 쳐다보며 담담히 말했다.

"그대들은 항주성 성주 부부가 맞소?"

"앉아서 얘기합시다."

진천룡이 뭐라고 하기도 전에 남녀는 진천룡 맞은편 의자에 거리낌 없이 나란히 앉았다.

청랑과 은조가 와락 인상을 쓰면서 득달같이 달려드는 것을 진천룡이 손을 저어서 그만두게 했다.

지금은 예절이나 권위를 따질 때가 아니라 남녀의 정체를 캐는 것이 중요하다.

원래 의자에 앉아 있던 진천룡과 부옥령은 맞은편의 남녀를 바라보았다.

남녀는 추호도 주눅이 들거나 두려워하는 모습이 아닌데, 다만 부옥령의 절세적인 미모와 진천룡의 준수한 외모 때문에 적잖이 놀란 듯했다.

하긴 진천룡은 그렇다고 해도 부옥령의 미모는 인세의 것이 아니므로 그녀를 보고 입에 거품을 물고 졸도한다고 해도 이상한 일이 아니다.

남자는 잔잔한 목소리로 입을 열었다.

"나는 항주 성주가 맞소."

그는 옆의 여자를 다정하게 가리켰다.

"이 사람은 내 부인이오."

부옥령은 여전히 침묵을 지키고 있다. 남녀의 정체에 대해서 아직도 결론을 내리지 못한 모양이다.

진천룡은 남녀가 전혀 두려워하지 않는 모습을 보고 뭔가 믿는 구석이 있을 것이라고 판단했다.

그렇다고 해도 그가 누군가. 천하에 무서울 것이라곤 없는 독불장군 진천룡이 아닌가.

"귀하는 호천궁인가?"

그가 느닷없이 대뜸 묻자 흠칫 놀라는 사람은 훈용강과 은조 두 사람뿐이다.

부옥령 역시 성주 부부가 호천궁 사람일지도 모른다고 짐작하고 있었던 상황이다.

그런데 남녀는 얼굴빛 하나 변하지 않았고, 남자가 잔잔한 미소를 머금고 물었다.

"어째서 그렇게 생각하시오?"

"그야 뭐……."

진천룡은 어깨를 으쓱했다.

"귀하들에게서는 마기도 요기도 잡기도 보이지 않소. 또한 이 일에 호천궁이 개입되었다고 하니까 귀하들이 호천궁 사람일 거라고 생각했소."

남자가 재미있다는 듯 물었다.

"마기와 요기는 알겠는데 잡기는 무엇이오?"

진천룡은 대수롭지 않게 대답했다.

"마기는 마중천이고 요기는 요천사계, 잡기는 검황천문을 가리키는 것이오."

"잡기가 어째서 검황천문이오?"

"잡스러울 잡(雜)이오. 검황천문 사람들 중에서 태문주부터 그자의 사부나 자식들까지 제대로 된 자는 거의 없소. 하나같이 잡스러운 자들뿐이오."

남자는 고개를 끄떡였다.

"그런 것 같소. 검황천문에 제대로 된 인물이 더러 있었는데 모두 귀하에게 간 것으로 알고 있소."

진천룡이 검황천문을 많이 괴롭힌 일은 더 이상 비밀이 아니라서 천하에 소문이 파다했다.

진천룡은 어? 하는 표정을 지었다가 어깨를 흔들면서 유쾌하게 웃었다.

"하하하하! 정말 그렇소! 검황천문에서 내게 온 사람들은 최고의 인재들이오. 나는 천하를 준다고 해도 그들과 바꾸지 않을 것이오."

진천룡은 맞은편에 앉은 남녀에게서 일절의 사악함이나 간사함, 교활함 같은 것을 발견하지 못했다.

오히려 그들에게서는 정기(正氣)가 풀풀 풍겼기 때문에 친근함마저 느껴졌다.

호천궁이 배후에서 검황천문과 마중천, 요천사계를 규합하여 영웅문 공격을 획책했다면 이 두 남녀에게선 조금쯤 때 같은 것이 감지될 텐데 전혀 그렇지 않았다.

그래서 어쩌면 이들은 호천궁이 아닐지도 모른다는 생각이 뇌리를 스쳤다.

'설마……'

호천궁은 이제야 최초의 모습을 드러내는 것이지만 아주 오래전부터 무림에 또 다른 뿌리를 내리고 있던 신비의 존재가 있었다.

진천룡은 남녀를 보면서 가볍게 고개를 끄떡였다.

"이제 보니 귀하들은 무극애 사람이로군요."

그 말에 진천룡을 제외한 실내의 모든 사람들이 크게 놀라 낮은 탄성을 터뜨렸다.

"아……"

"그럴 수가……"

이쪽과 저쪽이 서로 놀라는 이유는 다르다. 저쪽은 어떻게 그걸 알았느냐는 놀라움이고, 이쪽은 정말 그렇구나! 저들이 무극애일 수도 있어! 하는 놀라움이다. 그래서 실내에는 한동안 잔잔한 혼돈이 흘렀다.

남녀가 깜짝 놀라는 모습은 자신들이 무극애 사람이라고 인정하는 것이다.

"하하하……."

진천룡은 나직하게 웃었다. 놀라움과 감탄과 자조적인 꾸짖음 같은 것들이 뒤섞인 웃음이다.

第百七十六章

공주를 농락하라

진천룡은 거두절미하고 직설적으로 물었다.

"진짜 성주 부부는 어떻게 한 것이오?"

남자는 빙그레 미소 지었다.

"내가 진짜 항주 성주요."

"정말이오?"

"그렇소. 확인해 보시오."

진천룡은 남자가 거짓말을 하고 있지 않다고 생각했다. 남자의 표정이 그것을 말해주었다. 특별히 확인하고 자시고 할 필요도 없을 것 같았다.

그 순간, 진천룡과 부옥령의 뇌리를 스치고 지나가며 떠오르는 생각이 있었다.

그러나 진천룡은 떠오른 생각을 겉으로 일절 드러내지 않고 어리둥절한 표정을 지었다.

"귀하가 정말로 대명제국의 황제가 직접 임명한 성주라는 말이오?"

남자는 거리낄 것이 없다는 듯 빙그레 미소 지으면서 옆의 여자를 가리켰다.

"내 이름은 금화평(金華平)이고 이 사람은 주상효(朱祥曉)라고 하오. 의심스러우면 알아보시오."

부옥령이 자신과 진천룡 사이에 무형의 보호막을 치고서 전음을 했다.

[주상효는 당금 황제의 공주예요. 황후가 아니라 후궁인 귀비(貴妃)에게서 난 공주예요. 그러니까 금화평이라는 자는 황제의 사위예요.]

그런 것까지 알고 있는 부옥령은 정말 해박했다. 지식으로는 따를 수가 없다.

진천룡은 고개를 끄떡이며 사내 금화평과 주상효를 번갈아 쳐다보았다.

그러면서 진천룡의 머릿속에는 또 하나의 가설이 빠르게 자리를 잡고 있었다.

즉, 대명제국의 황궁은 성신도만이 아니라 무극애하고도 질긴 인연을 맺고 있다는 것이다.

무극애 사람인 금화평이 대명 황제의 딸인 공주와 혼인하여 항주 성주에 임명됐다는 사실이 그것을 증명하고 있었다.

모르긴 해도 아마 성신도에서는 이런 사실을 모르고 있을 가능성이 커보였다. 알았다면 절대 가만히 있지 않았을 것이었다.

진천룡이 화라연을 봤을 때, 무극애 때문에 골머리를 썩이는 듯한 낌새는 보지 못했었다.

그렇다면 화라연은 무극애와 황궁이 결탁했다는 사실을 모르고 있는 것이 분명하다.

'이런 젠장… 아무래도 이건 엄청난 음모가 얽혀 있는듯 하군.'

대명제국은 건국 일등 공신인 성신도와 굳게 이어져 있으면서 뒤로는 오륙백 년 전에 송나라를 도와서 개국했던 무극애와 따로 손을 잡고 있었던 것이다.

송나라는 완전히 퇴색하여 역사 속으로 뒷걸음질 쳐서 사라졌지만 무극애는 잔존해 있었다.

그것이 국가와 문파의 차이점이다. 국가는 천하를 책임져야 하지만 문파는 단지 문파만 단속하면 되기 때문에 송나라와 함께 사라지지 않았던 것이다.

대명제국이 무극애와도 손을 잡은 이유는 대명제국으로서는 성신도와 무극애가 둘 다 필요해서 그랬을 것이다.

하지만 굳이 그렇게까지 할 필요는 없었을 거라고 진천룡은 생각했다. 이미 이 대륙의 주인인 그들이 대체 뭐가 아쉬워서 성신도를 배신하면서까지 뒤로 무극애와 손을 잡을 필요가 있단 말인가.

'아니다.'

진천룡은 살짝 고개를 가로저었다. 그것을 금화평이 보면서 빙그레 미소를 지었다.

진천룡과 부옥령이 깊은 생각에 빠져 무슨 고민을 하고 있는지 다 짐작한다는, 그러니 얼마든지 오래오래 생각해 보라는 듯한 표정이다.

'이들은 영웅문에 신대붕이 내렸다가 떠난 사실을 알고 있을 것이다.'

호천궁이 알고 있는 것을 무극애가 모를 리 없다.

'또한 성신도 출신인 천군성주 옥군이 효성태자와 혼담이 오가고 있다는 사실도 알고 있을 터……'

그런데도 금화평은 진천룡에게 자신이 무극애 출신이라는 사실을 버젓이 드러내고 있다.

'아……'

그 순간 어떤 생각이 진천룡의 머리를 관통했다.

그는 탁자에서 찻잔을 들어 올리는 체하면서 보호막을 치며 청랑과 은조, 훈용강에게 전음을 했다.

[우리는 무극애에게 포위된 것 같다. 밖으로 나가서 사람들

을 도와라.]

청랑 등은 깜짝 놀랐으나 즉시 밖으로 달려 나갔다.

금화평과 주상효는 그들을 보고 뜻밖이라는 표정을 지었으나 그게 전부다.

그는 곧 평화로운 평소의 얼굴로 돌아왔다. 청랑 등이 왜 밖으로 나가는지 짐작하는 것 같았으나 개의치 않았다. 그 정도로 자신만만하다는 것이다.

이제 실내에는 네 사람만 남았다. 진천룡과 부옥령, 금화평, 주상효다.

진천룡은 밖에서 아무런 기척을 감지하지 못했지만 포위됐을 것이라고 추측했다.

아직 공격이 시작되지는 않은 것 같다. 제아무리 무극애 고수들이라고 해도 공격이 시작된다면 진천룡과 부옥령이 모를 리가 없었다.

아까 일 각 전에 금화평이 자신과 부인의 이름을 밝힌 이후부터 침묵이 이어지고 있다.

진천룡이 아까처럼 아무 일도 아닌 것처럼 너스레를 떨고 있을 상황이 아니기 때문이다.

금화평과 주상효는 서두르지 않고 가만히 앉아서 진천룡이나 부옥령이 말하기를 기다렸다. 그로서는 하나도 급할 게 없다는 모습이다.

시간이 흐를수록 진천룡은 자신들이 함정에 빠졌다는 사실을 확신하게 되었다.

진천룡 일행은 항주 성주 일족의 거처인 가월향의 어느 전각이 마중천의 항주 대분타라는 첩보를 받고 잠입하여 삽시간에 일망타진했었다.

그런데 이제 와서 생각해 보니까 모든 게 지나치게 쉬웠으며 막힘없이 착착 진행됐었다.

그러나 검천사자 두봉정 이하 마고수와 요인들은 자신들이 미끼가 됐다는 사실을 모르고 있었을 것이다.

하지만 진천룡은 상황이 위급할수록 배짱이 두둑해지는 이상한 성격의 소유자다.

그래서 그는 이참에 무극애에 대해서 좀 알아보기로 마음을 먹고 넌지시 말문을 열었다.

"귀하들은 무극애에서 어떤 신분이오?"

금화평은 가볍게 놀라는 표정을 짓더니 역시 태연한 표정으로 말을 받았다.

"나는 우리가 무극애 사람이라고 말한 적이 없었소. 아까 귀하가 마음대로 단정한 것일 뿐이오."

진천룡은 벙긋 웃었다.

"우리가 무서워서 시인하지 못하는 것이오?"

금화평은 진천룡이 격장지계를 쓰고 있음을 알기에 끄떡도 하지 않았지만 주상효는 그러지 못했다.

그녀는 진천룡을 쏘아보며 아미를 치뜨면서 나직하게 호통을 쳤다.

"우리가 너 따위를 무서워할 줄 아느냐?"

"효 매."

금화평이 가볍게 놀라서 주상효의 무릎에 손을 얹으며 그녀를 달랬다.

진천룡은 이런 절호의 기회를 놓치지 않고 뺀질뺀질한 표정으로 말했다.

"남편의 말을 듣는 게 좋을 것이오. 부인이 자칫 함부로 날뛰다가는 두 사람 다 이곳이 무덤이 될 테니까 말이오. 현명한 그대의 남편은 그걸 염려하고 있는 것이오."

금화평이 흠칫하는 것과 주상효가 입술을 깨물면서 자신을 쏘아보는 것을 곁눈으로 확인하면서 진천룡은 상체를 흔들며 한껏 너스레를 떨었다.

"여긴 내 구역이오. 무극애 따위가 함부로 날뛰는 곳이 아니라는 말이오."

"감히 너 따위가⋯⋯."

주상효가 분노로 바르르 떠는 것을 보면서 진천룡은 한층 더 이죽거렸다.

"효성태자를 아오?"

"⋯⋯."

진천룡이 난데없이 태자를 들먹이자 주상효는 물론이고 금화평까지 놀라는 표정을 지었다.

진천룡은 한껏 거들먹거리면서 말하고 그의 의도를 짐작한 부옥령은 흐릿한 미소를 지었다.

"효성태자가 내게 겁먹으라고 으름장을 놓기에 내가 그렇게 말했소. 어디 한번 대명제국이 대대적으로 영웅문을 공격해 보라고 말이오."

이제는 주상효만이 아니라 금화평마저 긴장과 궁금증이 범벅 된 표정을 지었다.

진천룡은 그걸 아는지 모르는지 상체를 뒤로 젖히고 다리를 꼬면서 거드름을 피웠다.

"그랬더니 효성태자가 뭐라고 말했는지 아시오?"

"뭐라고 했지?"

주상효가 날카로운 목소리로 물었다.

주상효가 신경질을 내며 물었다는 것은 진천룡에게 말려들고 있다는 뜻이었기 때문에 금화평은 말리려고 했지만 이미 늦어버렸다.

금화평은 관심이 없는 체하고 있지만 실상 주상효 못지않게 그도 궁금했었기 때문에 저도 모르게 말릴 기회를 놓친 것이었다.

진천룡이 일부러 다리를 달달 떨면서 조금 시간을 끌자 조급해진 주상효가 빽 소리를 질렀다.

"내 말 듣지 못했느냐? 그래서 효성태자가 뭐라고 말했느냐?"

부옥령은 주상효가 진천룡에게 함부로 말하는 것을 보고

속이 부글부글 끓었으나 꾹꾹 눌러 참았다.

진천룡은 조금도 화가 나지 않는지 천연덕스럽게 허허 웃으면서 말했다.

"효성태자는 길길이 화를 내면서 말했소. 대명제국의 백만황군을 총동원하면 영웅문 따윈 삽시간에 잿더미가 될 것이라고 말이오."

"오호호홋! 그야 당연하지!"

주상효는 기대했던 말이 나오자 상체를 젖히고 고개를 흔들면서 웃음을 터뜨렸다.

그러나 금화평은 이게 다가 아니고 뒤에 무언가 있을 것이라고 짐작하여 진천룡의 눈치를 살폈다.

진천룡은 금화평을 실망시키지 않았다.

"그래서 내가 말했소. 대명제국의 백만대군이 항주에 도착하기도 전에 우리가 보낸 고수들이 자금성의 황제 이하 황족 전부를 깡그리 죽여 버릴 거라고 말이오."

"……."

주상효만이 아니라 금화평마저도 놀라서 눈을 껌뻑거리며 아무 말도 하지 못했다.

"그따위 개소리를 대체 누가 믿는다는 말이냐?"

두 호흡쯤 지나서야 주상효는 옥그릇이 깨지는 것 같은 쨍한 고함을 질렀다.

그녀는 금화평의 도움을 바라는 듯 그를 보며 말했다.

"당신은 어째서 가만히 계시는 건가요? 저런 떨거지 같은 놈들이 폐하가 계신 자금성을 도륙한다는 망발을 하는데 뭐라고 말 좀 해봐요!"

금화평이 생각하기에 만약 영웅문과 대명제국이 전쟁을 벌인다면 동귀어진 즉, 양쪽이 다 괴멸하고 말 것이다.

그것 말고는 다른 결말이 없다. 열 번 생각해도 열 번 다 같은 결말만이 떠올랐다.

우선 대명제국이 영웅문을 총공격하기로 결정을 내리고 행동에 옮기게 되면 영웅문은 자연히 그 사실을 알게 될 터이다. 제국이 대대적으로 공격에 나서서 백만 대군이 이동하게 되면 모를 수가 없었다.

그러면 영웅문에서는 영웅문주를 비롯하여 난다 긴다 하는 고수가 선발되어 자금성을 공격하러 떠난다.

금화평은 영웅삼신수가 동방장천과 금혈마황을 저승 문턱까지 이르도록 했으며 요천여황을 죽였다는 사실을 누구보다 잘 알고 있다.

또한 영웅문주의 최측근 칠십여 명은 최정예로서 하나같이 절정고수들이다.

천하의 어느 문파나 방파라고 해도 우두머리를 비롯한 몇 명 정도가 고강한 편이지 영웅문처럼 칠십여 명이 모조리 절정고수 수준 이상인 경우는 전무하다.

그래서 검황천문도 마중천과 요천사계도 영웅문을 상대하

지 못하는 것이다.

그런 영웅문의 최정예 칠십 명이 일제히 북경으로 출발한다면 대저 뉘라고 그들을 막을 수 있다는 말인가.

북경을 방어하는 구문제독부가 있고 또 황궁의 동창과 서창, 그리고 황궁수비대가 있다고 해도 절정고수 칠십여 명을 막는 것은 역부족이다.

그런 식으로 영웅문주를 비롯한 칠십여 명의 절정고수들이 자금성으로 진입하여 황제 이하 황(皇) 자가 붙어 있는 것들은 개 한 마리까지 깡그리 몰살시킨다.

어쩌면 자금성에 있는 관리들까지 덤으로 몰살당할지도 모르는 일이다.

그것으로 대명제국은 그만 현판을 내려야만 한다. 황제 일족이 전멸했는데 누가 대명제국 황제의 혈통을 잇는다는 말인가.

영웅문을 향해서 진군하던 대명제국의 백만 대군은 십중팔구 회군을 할 것이다.

대명의 황제를 비롯한 일족이 일망타진됐다는 소식이 백만 대군에게도 전해질 것이기 때문이다.

황제가 없는데 계속 충성할 멍청이는 없다.

간혹 황제의 복수를 하겠다고 날뛰는 모지리가 있지만 그런 자는 혼자 날뛰다가 측근들에게 칼침을 맞고 뒈지는 경우가 다반사다.

　　　*　　　　　*　　　　　*

　금화평의 계산은 틀렸다.

　그는 대명제국과 영웅문이 싸우면 동귀어진 할 것이라고 생각했는데 그게 아니라 대명제국이 패망하고 만다. 그것은 명명백백한 사실이다.

　싸움의 핵심은 북경의 구문제독부와 자금성의 동창, 서창, 황궁수비대를 뚫을 수 있느냐 없느냐는 것이다.

　당금 무림에서 천군성과 검황천문이라면 엄선된 고수들을 보내서 자금성을 뚫을 수도 있을 것이다.

　거기에 하나를 더 보탠다면 영웅문이다. 영웅문을 대표하는 칠십여 명의 절정고수라면 자금성을 뚫고도 남는다. 칠십 마리 호랑이들이 승냥이 수십만 마리를 짓밟고 물어뜯는 것은 일도 아니다.

　천군성과 검황천문은 위험을 무릅쓰고 대명제국과 싸울 일이 없다.

　금화평은 내심 신음을 흘리고 나서 진천룡에게 진중한 낯빛으로 물었다.

　"효성태자를 언제 만났소?"

　진천룡은 느긋하게 팔짱을 끼고 대답했다.

　"그가 영웅문에 왔었는데 제압해서 가두었다가 징징 울기에 풀어주었소."

"뭐……."

주상효는 눈을 커다랗게 뜨며 놀라워했다.

그녀가 뭐라고 외치려는 것을 금화평이 손을 뻗어 제지하며 진천룡에게 물었다.

"그가 왜 왔소?"

주상효가 효성태자의 한참 누나이니까 금화평에게는 손아래 처남이 된다.

효성태자가 영웅문에 왔었던 일을 금화평은 모르고 있는 모양이다.

"귀하는 알 것 없소."

진천룡은 말로 금화평을 짓눌러 버리고서는 느긋하게 말했다.

"귀하가 무극애 사람이 아니라면 더 얘기할 게 없소. 그만 항주를 떠나시오."

금화평은 의아한 표정을, 주상효는 발칵 화를 냈다.

"우리더러 항주를 떠나라니 그게 무슨 뜻이오?"

"네놈이 뭔데 이래라저래라 하는 것이냐?"

진천룡은 태연하게 대답했다.

"이제부터 관(官)과 다른 세력들은 항주에 들어오지 못하오. 여긴 영웅문의 영역이오."

"이놈아! 천하가 대명제국 소유인데 항주가 네놈 것이라니 그것은 반역이 아니더냐?"

진천룡은 주상효가 빽빽 고함지르는 것에는 대꾸는커녕 쳐다보지도 않았다.

금화평이 진중하게 물었다.

"항주에 일국(一國)을 세우겠다는 뜻이오?"

진천룡은 미간을 찌푸렸다.

"쓸데없는 소리. 나는 무림인이오. 무림인이 나라를 세우는 것 봤소?"

"방금 전에 관과 다른 세력들이 항주에 들어오지 못한다고 말하지 않았느냐?"

주상효가 앙칼지게 소리치자 부옥령이 처음으로 냉랭하게 입을 열었다.

"한 번만 더 지껄이면 혀를 뽑아버리겠다."

"너……"

주상효는 새파랗게 질린 표정을 지었다. 이래 봬도 대명제국의 공주라는 지체 높은 신분이고 항주 성주의 안방마님이기도 한 그녀에게 하찮은 무림인 여자가 거침없이 망발을 해댄 것이다.

주상효는 누가 말릴 새도 없이 앉은 자리에서 곧장 허공으로 둥실 떠올라서는 부옥령에게 덮쳐가면서 강맹한 쌍장을 뿜어댔다.

콰우웃!

쿠아앙!

진천룡은 모르지만 부옥령은 주상효의 쌍장을 보는 즉시 중원 무림의 무공이 아니라는 것을 간파했다.

그렇다면 주상효는 무극애의 성명무공을 사용하는 것이 분명했다.

싸움 경험이 풍부한 부옥령은 주상효의 쌍장을 슬쩍 보는 것만으로 그녀가 사 갑자 이백사십 년의 공력으로 공격한다는 사실을 즉시 알아차렸다.

그 이상의 수준은 아닐 터이다. 화가 나서 전력으로 공격하는 것이기 때문이다.

부옥령은 앉은 자세에서 한 손을 들어 손목을 까딱 움직여서 흐릿한 경풍을 발출했다.

스읏!

주상효가 발출한 쌍장이 폭풍이라면 부옥령의 것은 풀잎을 겨우 흔들 정도의 미풍 수준이엇다.

하지만 겨우 그 정도 수준의 부옥령의 반격을 보는 순간, 금화평은 주상효가 위험하다고 직감했다.

영웅문의 좌호법이며 영웅삼신수 중에서 무정신수로 위명을 떨치고 있는 부옥령이 주상효의 전력 공격을 뻔히 보고서도 손목만 까딱했다면 절대 가벼운 수법일 리가 없었기 때문이었다.

저 수법에는 필시 무시무시한 위력이 실려 있을 것이었다.

그러나 금화평이 미처 어떻게 할 겨를도 없이 두 개의 공격과 반격이 격돌했다.

퍽!

"아악!"

그 순간 흠뻑 젖은 볏짚으로 벽을 가볍게 친 것처럼 가벼운 소리와 함께 주상효가 찢어지는 비명을 내지르며 뒤로 쏜살같이 날아갔다.

"여보!"

금화평은 다급히 외치면서 앉은 자리에서 뒤로 쏜살같이 날아가며 손을 한껏 뻗었다.

주상효가 벽에 부딪치기 직전에 금화평이 뒤로 쓰러진 자세로 날아가는 그녀의 발목을 잡았다.

탁!

멈췄을 때 그녀의 머리와 벽과의 거리는 채 한 뼘이 되지 않았다.

만약 그대로 머리가 벽에 거세게 부딪쳤다면 박살이 나고 말았을 것이다.

금화평은 주상효를 끌어당겨 품에 안고 바닥에 내려서며 급히 얼굴을 살폈다.

주상효는 안색이 창백해져서 온몸을 바들바들 떨고 있었다. 입과 코에서 피를 흘리고 있었는데 피의 색깔이 보통의 피보다 훨씬 검붉었다. 이는 장기와 내장이 파열되었기 때문이었다.

"아아……."

그녀는 혼절하지 않았다. 웬만하면 혼절하기 마련인데 고통이 극에 달하면 혼절하지 않는 경우가 있다. 이럴 때가 더 위험한 법이다.

금화평은 급히 주상효를 바닥에 눕혀놓고 진맥을 해보다가 다급한 표정을 지었다.

'아아… 내장이 완전히 토막이 나고 장기가 다 터져 버렸구나… 이를 어쩌누…….'

의술에 어느 정도 조예가 있는 금화평은 주상효가 일 각을 버티지 못하고 죽을 것이라고 판단했다.

금화평은 아내 주상효와는 달리 상식적인 사람이라서 아내가 먼저 전력으로 공격을 하다가 이 지경이 됐기 때문에 부옥령을 원망하지도 못했다.

부옥령은 주상효를 죽일 생각까지는 없었지만 이런 상황이 되었음에도 눈 하나 까딱하지 않았다.

처음에 금화평은 영웅문주 등이 쳐들어왔다는 보고를 들었어도 그다지 신경 쓰지 않았었다.

자신들 부부가 영웅문주보다 고강할 것이라고 굳게 믿었기 때문이다.

왜냐하면 그들은 무극애의 최정예고수이기에 중원 무림의 고수보다 약할 리가 없는 것이다.

그렇지만 결과는 이렇게 돼버렸다. 주상효는 일 각을 버티지 못하고 죽을 것이다. 잠시 착각한 대가치고는 뼈아플 정도로 컸다.

단아한 사내 금화평은 누워 있는 주상효를 굽어보면서 절망의 눈물을 뚝뚝 흘렸다.

"여보……."

금화평은 아내를 끔찍하게 사랑하고 있다. 만약 아내가 이대로 죽는다면 그는 혼자 살아갈 자신이 없었다. 아마도 그는 폐인이 되거나 죽고 말 것이었다.

주상효는 백지장처럼 해쓱한 안색에 핏기가 가득 들어서 새빨개진 눈으로 남편 금화평을 바라보며 가느다란 목소리로 할딱거렸다.

"여… 보… 나 죽을 거… 같아… 요……."

금화평은 아내 주상효가 유달리 겁이 많다는 사실을 잘 알고 있다.

주상효는 겁이 많은 탓에 자신이 당할까 봐 오히려 사람들에게 더 포악을 떨어댔었다. 원래 힘없는 개일수록 더 요란하게 짖어대는 법이다.

금화평은 안타깝게 아내를 불렀다.

"여보……!"

주상효는 눈에서 눈동자가 거의 사라지고 눈이 뒤집히고 있는 중이다.

"아아… 제… 발… 살… 려… 줘요… 여… 보… 죽… 기… 싫어요… 무… 서… 워… 요……."

금화평은 가슴이 갈가리 찢어질 것 같은 슬픔과 절망 때문에 몸을 세차게 떨면서 흐느껴 울었다.

"여보……! 효 매가 죽으면 나도 따라 죽을 것이오……! 죽더라도 바삐 멀리 가지 마시오……! 혼이라도 기다리고 있으면 내가 곧 뒤따라갈 테니까……!"

금화평은 겁보인 아내가 얼마나 고통스럽고 또 무서울지 생각하니까 미칠 것만 같았다.

또한 그 멀고 험난한 저승길을 겁보 아내가 혼자서 갈 것이라고 생각하면 온몸의 피가 말랐다.

부옥령은 진천룡을 바라보았다. 아니나 다를까 진천룡은 애잔한 눈빛으로 금화평과 주상효를 주시하고 있었다.

진천룡은 성격이 잔인하고 독하지 못한 게 단점이었다. 더구나 사랑하는 연인이나 부부들에게는 더욱 한없이 약하기까지 했다.

그런 만큼 만약 진천룡이 주상효를 살리겠다고 나선다면 부옥령은 만류하지 못할 것이었다.

그녀는 지금껏 단 한 번도 진천룡이 하려는 행동을 만류한 적이 없었다.

아니, 사실 정확히 따지자면 그런 적이 세 번 있었다. 진천룡과 부옥령 둘 다 술에 고주망태가 된 상태에서 잠자리에 들면 진천룡이 부옥령의 온몸을 더듬으면서 격렬하게 애무를 하곤

했었다.

그때 비몽사몽간에 진천룡이 마지막 선을 넘을 뻔했었는데 부옥령이 가까스로 그를 제지했었다.

그녀도 사람인지라 그 상황에 이르면 극도로 흥분을 했기 때문에 진천룡이 하는 대로 그냥 모른 체할 수도 있었으나 그러지 않았다.

그냥 모든 것을 감정에 맡긴 채 가만히 있었으면 부옥령은 진천룡의 여자가 되었을 것이다.

진천룡은 자신과 정사한 여자를 외면하지 못할 성격이기 때문이었다.

그러나 부옥령은 그런 방법은 쓰고 싶지 않았다. 진천룡이 술을 마시지 않은 상태에서 그녀를 원한다면 백 번 천 번 응했을 테지만 만취상태의 그는 제정신이 아니었다.

그렇다면 부옥령은 아마도 죽을 때까지 진천룡을 차지하지 못할 것이다.

그가 제정신으로는 절대로 그녀를 안고 애무하지 않을 것이기 때문이다.

슥…….

이윽고 무언가 결심한 듯 진천룡이 일어나서 금화평 부부에게 천천히 다가갔다.

부옥령은 일어나서 말없이 진천룡을 뒤따랐다.

금화평은 자신의 옆에 와서 멈춘 진천룡을 힐끗 쳐다보고는 다시 시선을 주상효에게 주고 울면서 말했다.

"가시오."

"어딜 가라는 말이오?"

"영웅문으로 돌아가시오."

금화평은 자신이 울먹이면서 말한다는 사실을 굳이 감추려고 하지 않았다.

진천룡은 금화평을 굽어보면서 물었다.

"귀하는 어쩔 셈이오?"

금화평은 착잡하게 대답했다.

"나는 아내의 임종을 지킬 것이오."

"부인이 죽은 후에 귀하는 무얼 할 것이오?"

"나도 아내를 따라서……"

말하다가 금화평은 약간 짜증을 냈다.

"귀하가 그런 것까지 알 필요는 없잖소? 어서 가시오."

금화평은 아내의 임종이 방해를 받을까 봐 초조한 심정이었다.

진천룡은 이런 상황에서도 부옥령을 원망하지 않는 금화평이 매우 공명정대한 사람이라는 생각이 들었다.

진천룡은 가지 않고 그에게 또 물었다.

"만약 귀하의 아내가 살아난다면 어떻게 하겠소?"

금화평은 얼굴을 찌푸렸다.

"농담할 기분 아니오."

"농담 같소?"

금화평은 인상을 와락 쓰면서 진천룡을 쏘아보았다.

"그게 농담이 아니라면 귀하가 내 아내를 살려낼 수 있다는 말이오?"

진천룡은 빙그레 미소 지었다.

"귀하는 꽤 똑똑하군."

"무슨 소리요? 설마 귀하가 정말로 내 아내를 살릴 수 있다는 말이오?"

"그렇소."

금화평은 도저히 진천룡의 말을 믿기 어려웠다. 하지만 물에 빠진 사람이 지푸라기라도 잡는 심정으로 재차 사실을 확인했다.

"어떻게 아내를 살린다는 말이오?"

그때 주상효가 바들바들 떨리는 손으로 허공을 허우적거리면서 더듬거렸다.

"아아… 사… 살려줘요… 제발… 죽기… 싫… 어요……."

진천룡은 조금도 서두르지 않고 금화평에게 말했다.

"부인을 살려주면 내가 시키는 대로 하겠소?"

금화평은 뜨악한 표정을 지었다.

"살릴 수 있소?"

"아아… 사… 살려… 주… 끄으으……."

허공을 허우적거리던 주상효의 손이 툭 떨어지고 혀가 목

안으로 말려 들어가는 소리를 내자 금화평은 진천룡을 보며 처절하게 울부짖었다.

"어, 어서 아내를 살려주시오! 살려만 주면 내 목숨이라도 내 놓겠소!"

第百七十七章

혈전(血戰)

금화평은 어이가 없다는 표정을 지었다.

아내를 살려주면 목숨이라도 내놓겠다고 애원을 했는데 진천룡은 아내를 치료할 생각은 하지 않고 그녀의 손을 잡은 채 지그시 눈만 감고 있지 않은가.

금화평은 시체처럼 창백한 안색의 주상효를 보고는 입술이 바싹 탔다.

어쩌면 그녀는 이미 죽었을지도 모르는 일이다. 죽은 후에야 대라신선이 와서 치료를 한들 무슨 소용이 있겠는가.

"귀하는 지금 무얼 하고 있는 것이오? 아내를 치료할 수 없는 것이오?"

진천룡은 그의 말을 듣지 못했는지 주상효의 손목을 잡은 채 눈을 뜨지도 않았다.

　누가 보면 진맥을 하고 있는 것 같아서 치료한다는 생각은 들지 않았다.

　"귀하……! 도대체 왜 치료를 하지……."

　"조용히 입 닫고 있어라."

　금화평이 다시 입을 열자 서 있는 부옥령이 눈보라가 펄펄 몰아치는 것처럼 싸늘하게 꾸짖었다.

　그렇지만 아내의 목숨이 걸린 문제라서 금화평 귀에 부옥령의 말이 들어올 리 만무하다.

　결국 그는 참지 못하고 아내에게서 진천룡을 떼어내려고 그에게 손을 뻗었다.

　"이것 보시오! 당신들은……."

　파파팍…….

　"음……."

　순간 부옥령이 시끄럽게 떠드는 금화평의 마혈과 아혈을 동시에 제압해 버렸다.

　움직이지도 말하지도 못하게 된 금화평은 두 눈을 찢어질 듯이 부릅뜨고 부옥령을 노려보았다.

　그 표정이 얼마나 살벌한지 눈알이 튀어나올 것 같고 번갯불이 뿜어질 것만 같았다.

　금화평은 자신이 진천룡과 부옥령에게 속았다고 생각했다.

지금 상황에서는 그렇게 밖에 생각할 수 없었다.

아내를 살려주면 금화평이 목숨까지 내놓겠다고 했는데도 진천룡은 주상효를 치료하기는커녕 손목을 잡은 채 시간만 보내고 있는 데다, 부옥령은 한술 더 떠서 금화평의 혈도까지 제압해 버렸다.

이런 상황이므로 대체 진천룡이 주상효를 살릴 것이라고 어느 누가 믿겠는가.

금화평은 아내가 잠시 후에 죽을 것이라는 생각을 하자 온몸이 폭발할 것처럼 분노가 치밀었다.

그래서 혈도가 제압된 상태인데도 분노 때문에 온몸이 학질에 걸린 것처럼 부들부들 마구 떨렸다.

'으으으… 내 맹세하건대 기필코 네놈들을 갈가리 찢어 죽이고 말 테다……!'

그는 내심으로 피를 토하듯이 맹세를 하면서 곧 죽을 아내를 한 번 더 쳐다보았다. 살아생전에 마지막으로 보는 아내의 모습이다.

"……!"

그런데 그의 눈이 커졌다. 뿐만 아니라 분노로 인한 격렬한 떨림도 뚝 멈추었다.

주상효의 모습이 바뀌고 있었기 때문이다. 조금 전까지만 해도 그녀는 얼굴이 시체처럼 창백했으며 온몸을 가늘게 떨고 있었다.

그런데 지금은 발그레 혈색이 돌아오기 시작했으며 몸의 떨림이 멈춰 있었다.

그러더니 금화평이 주시하고 있는 동안 주상효가 한숨처럼 안정된 호흡을 시작했다.

그 모습은 누가 봐도 그녀가 소생하고 있는 걸로밖에 보이지 않았다.

"하아… 후우……."

금화평은 자신의 눈을 의심했다. 아니면 자신이 지금 꿈을 꾸고 있는지도 모른다는 생각이 들었다.

그래서 눈동자를 이리저리 굴리면서 주위의 상황이 변했는지를 확인했다.

자신이 꿈을 꾸고 있는 것은 아닌지, 이것이 현실이 맞는지 자신의 눈으로 보려는 것이다.

그렇지만 진천룡은 여전히 주상효의 손목을 잡고 있으며 부옥령은 우뚝 서 있었다.

아무것도 변한 게 없다. 그러니까 금화평은 꿈을 꾸고 있는 것이 아니다.

이윽고 주상효의 혈색과 호흡이 정상으로 돌아왔지만 그녀는 얼굴을 찌푸리며 나직한 신음을 토해냈다. 의식을 되찾으니까 제일 먼저 진득한 고통이 그녀를 괴롭혔다.

"으음……."

미간을 좁힌 진천룡은 금화평을 쳐다보며 씁쓸하게 말했다.

"끊어진 혈맥과 내장은 이었는데 박살 난 장기들이 잘 붙지 않는구려."

"……?"

진천룡이 저승 문턱까지 간 주상효를 살려냈다는 사실을 믿지 못하고 있는 금화평으로서는 지금 그가 무슨 말을 하는지 이해하지 못했다.

진천룡이 답답한 표정으로 금화평에게 다시 말했다.

"치료를 여기에서 멈춰도 귀하의 부인은 죽지 않을 것이오. 다만 불구나 폐인이 되어 평생토록 침상에서 일어나지 못하게 될 가능성이 크오."

금화평은 도대체 진천룡이 무슨 말을 하고 있는지 이해하지 못하고 눈을 커다랗게 떴다.

다만 자신의 아내가 불구나 폐인이 되어 평생토록 침상에서 일어나지 못할 것이라는 말이 마치 대못처럼 고막에 깊숙이 틀어박혔다.

진천룡은 주상효를 치료하는 데 열중해서 부옥령이 금화평을 제압한 것을 보지 못했다.

"어쩌겠소? 치료를 멈춰도 되겠소?"

진천룡의 물음에 금화평은 속에서 천불이 나는 사람처럼 콧구멍을 벌렁거리고 눈을 감았다가 뜨기를 반복하며 성난 황소처럼 씨근거렸다.

그제야 진천룡은 그가 제압됐다는 사실을 깨닫고 부옥령을 쳐다보았다.

뭔가 골똘한 생각에 잠겨 있던 부옥령은 진천룡의 시선을 느끼고 왜 그러느냐는 듯이 어깨를 으쓱했다.

"저 친구 풀어줘라."

"아……."

부옥령이 단지 금화평을 쳐다보는 것만으로 그의 마혈과 아혈이 풀렸다.

금화평은 부옥령을 주시하고 있다가 갑자기 혈도가 풀리는 것을 느꼈다.

그것만 봐도 그녀가 자신보다 훨씬 고수라는 사실을 어렵지 않게 알 수가 있다.

하지만 그것보다는 아내의 상황이 더 급해서 그는 온몸을 날리듯이 덮쳐갔다.

"여보!"

파팍…….

그가 주상효를 덮치기 직전에 부옥령이 이번에는 마혈만 제압하여 움직이지 못하게 만들었다.

"으음……!"

다시 움직이지 못하게 된 금화평은 아내에 대한 과도한 염려 때문에 발악하듯이 고함을 질렀다.

"이게 무슨 짓이오? 어서 혈도를 풀어주시오!"

"방금 전에 네가 어떤 행동을 했는지 잊었느냐? 주군께서 네

마누라를 치료하고 계시는데 네가 물불 가리지 않고 덤벼들면 무슨 일이 벌어질 것 같으냐?"

"……."

금화평은 감정이 앞서서 경거망동했던 자신의 불찰을 깨닫고 착잡해졌다.

그는 마혈을 풀어달라고 요구하는 대신 진천룡을 보면서 조급한 표정으로 물었다.

"조금 전에 내게 뭐라고 말했소?"

진천룡은 차분한 목소리로 대답했다.

"부인의 터진 장기를 봉합하려면 내가 직접 장기가 있는 부위를 만져야만 하오."

"……."

남의 부인의 가슴을 주물러야 하는 일은 사실 진천룡으로서는 마뜩잖은 일이다.

그러나 주상효의 상태가 워낙 심각해서 살리려면 그렇게 할 수밖에 없다.

금화평은 꽉 막힌 사람이 아니다. 아니, 꽉 막혔다고 해도 아내의 생사가 걸린 일인데 고집을 부릴 수는 없다. 가슴을 만지는 것만이 아니라 더한 짓을 한다고 해도 다 이해할 수가 있다.

그는 입에서 침이 튀어 나가는 줄도 모르고 부르짖었다.

"무슨 소리요? 귀하가 무슨 행동을 해도 다 이해할 테니까 부디 아내만 살려주시오……!"

*   *   *

주상효는 온몸이 더없이 편안하고 정신이 명경지수처럼 맑아진 것을 알게 되었다.

온몸을 옥죄고 짓누르던 처절한 고통이 차츰 사라져 가고, 흙탕물처럼 어지럽던 정신이 점점 맑아지는 것을 느끼면서 마치 지옥 한가운데에 떨어져서 허우적거리다가 양어깨에 날개를 달고 그것을 힘차게 펄럭이면서 찬란한 창공으로 비상하는 듯한 상쾌한 기분이었다.

'아아… 이런 상쾌한 느낌과 황홀한 기분이라니……'

그녀는 일생을 살아오는 동안에 맛보았던 행복과 흥분과 쾌락을 다 합친 것보다 백배 이상 더 큰 황홀경에 빠진 채 몸을 바르르 떨었다.

할 수만 있다면 지금 이 상황이 영원히 지속됐으면 좋겠다는 심정이다.

그러고는 누군가 자신의 가슴과 배와 옆구리를 부드럽게 쓰다듬거나 주무르는 느낌을 받았다.

그렇지만 눈을 뜨지 않았다. 자신의 몸을 만지고 있는 사람이 남편이 아니라 천하에서 가장 흉측하게 생긴 괴물이라고 해도 상관이 없다는 심정이었다.

'아아… 너무 좋아…….'

진천룡의 손이 닿는 부위에 순정기가 파도처럼 스며 들어와서 짓이겨진 상처를 치료하고 있으므로 그 느낌이라는 것이 굉장할 수밖에 없는 것이다.

그 황홀함은 점점 옅어지다가 어느덧 썰물처럼 사라졌다. 하지만 황홀함이 사라진 자리에 더없이 좋은 상쾌함과 해맑음이 자리를 잡았다. 그녀는 일평생 이런 기분을 한 번도 느껴본 적이 없었다.

'아아… 좋아… 설마 나는 죽은 걸까……?'

그녀는 그렇게 생각할 수밖에 없었다. 조금 전까지 그녀는 죽어가는 상태였으며 지금 그녀가 맛보고 있는 느낌은 지상의 것이 아니기 때문이다.

그때 그녀의 가슴을 만지던 손이 떼어지고 잔잔하면서도 싱그러운 남자의 목소리가 들렸다.

"이제 됐소."

주상효가 살며시 눈을 뜨자 바로 앞에 한 명의 준수한 청년의 모습이 보였다.

그 순간 그녀는 그 청년이 영웅문주라는 사실을 미처 깨닫지 못했다.

그녀가 깨달은 것은 너무도 준수한 청년이 자신을 바라보며 잔잔한 미소를 짓고 있다는 사실이었다.

"여보……."

그때 귀에 익은 목소리가 들려서 그녀가 이끌리듯이 쳐다보니까 그곳에 금화평이 굵은 눈물을 뚝뚝 흘리면서 감격 어린 표정을 짓고 있었다.

주상효는 잠들었던 이성이 빠르게 깨어났다.

"여보……."

눈을 깜빡거리면서 금화평을 바라보는 그녀는 자신이 살아났다는 사실을 깨달았다.

"내가……."

그녀는 눈동자를 돌려서 조금 전에 자신을 굽어보며 미소를 지었던 청년을 쳐다보았다.

"아……."

눈을 깜빡거리던 그녀는 청년이 영웅문주라는 사실을 그제야 깨달았다.

금화평은 주상효가 오해하여 진천룡을 공격할까 봐 떨리는 목소리로 말했다.

"여보, 영웅문주가 당신을 살렸소."

"……!"

순간 주상효는 발딱 일어나서 진천룡을 마주 보고 앉았다.

진천룡은 빙그레 미소 지으며 온화하게 말했다.

"불편한 곳은 없소?"

한동안 진천룡을 주시하던 주상효는 이윽고 얼굴을 살짝 붉히며 대답했다.

"없어요."

                    *   *   *

　진천룡과 부옥령, 그리고 금화평과 주상효는 다시 탁자에
마주 보고 앉았다.

　금화평이 주상효의 손을 잡고 조용한 목소리로 말했다.

　"영웅문주가 당신을 살려내면 내 목숨이라도 주겠다고 약속
을 했었소."

　"네."

　주상효는 거기에 대해서는 이의가 없는 표정이다. 그녀는 다
소곳이 앉아서 이따금 진천룡을 가만히 훔쳐보기만 할 뿐 별
다른 행동을 하지 않았다.

　금화평은 진천룡을 보며 편안한 얼굴로 말했다.

　"무엇이든지 물어보든가 시키시오. 그대로 하겠소."

　보통 이런 상황에서는 많은 사람들이 측간 들어갈 때와 나
올 때가 다르기 마련인데 금화평은 그러지 않았다.

　그것은 주상효도 마찬가지다. 그녀는 다소곳이 앉아서 처분
만 바라는 사람처럼 보였다.

　진천룡은 차분한 목소리로 물었다.

　"그대들은 무극애 사람이오?"

　금화평은 고개를 끄떡였다.

"그렇소."

진천룡은 담담하게 말했다.

"그대들은 무극애 사람들을 데리고 항주를 떠나시오."

금화평과 주상효는 의아한 표정을 지었다.

"어째서 그런 말을 하는 것이오? 우리를 고이 보내준다는 말이오?"

진천룡은 담담하게 말했다.

"귀하가 내가 요구하는 대로 다 해주면 무극애를 배신하게 될 것이오."

금화평과 주상효는 착잡한 표정을 지었다.

"그렇더라도 약속은 약속이오."

금화평은 진지하게 말을 이었다.

"내 목숨은 귀하의 것이므로 무엇이든 명령만 하시오."

은혜를 갚기 위해서 자신의 목숨을 내놓으려는 사람은 흔치 않은 법이다.

진천룡은 조용한 목소리로 말했다.

"무극애를 배신하는 사람은 어떻게 되오?"

금화평과 주상효는 진천룡이 자신들을 염려해 준다는 사실을 깨달았다. 그래서 어떤 방법으로든 그를 돕고 싶다는 마음이 샘솟았다.

금화평은 담담히 미소 지었다.

"지금껏 무극애를 배신한 사람은 한 명도 없었소. 그래서 배신하면 어떻게 되는지 알지 못하오."

진천룡은 의아한 얼굴로 물었다.

"어째서 배신자가 한 명도 없소?"

금화평과 주상효의 얼굴에 자랑스러운 긍지가 가득 떠올랐다.

"무릉도원이기 때문이오."

"오……."

진천룡은 무극애를 배신하는 사람이 어째서 한 명도 없는지 이해할 수 있을 것 같았다.

무릉도원에서 살고 있다면 더 이상 바랄 것이 없을 텐데 어째서 배신을 하겠는가.

진천룡은 고개를 끄떡였다.

"귀하가 내 말대로 한다면 첫 번째 배신자가 되겠군. 그래도 상관이 없겠소?"

"나는 아내를 위해서 목숨을 내놓았소. 귀하가 날 죽인다고 해도 달게 받겠소."

진천룡은 고개를 가로저었다.

"그래서 귀하더러 무극애 사람들을 데리고 항주를 떠나라고 한 것이오. 나는 귀하가 무극애를 배신하는 것을 원하지 않소."

금화평은 빙그레 미소 지었다.

"그렇게 해도 무극애를 배신하는 것이 되오."

"어째서 그렇소?"

"우리 부부는 항주에서 대기하고 있다가 나중에 무극애에서 오는 고수들을 도와 영웅문을 괴멸시키라는 명령을 받았소. 그래서 내가 항주 성주로 발령을 받았던 것이오. 그런데 여길 떠나면 명령 불복종이 되는 것이오."

"그러면 무슨 벌을 받소?"

금화평은 씁쓸한 얼굴로 대답했다.

"추방이오."

"무극애에서 쫓겨나는 것이오?"

"그렇소."

"추방된다면 무엇이 가장 두렵소?"

"가족들과 헤어지는 것이오."

"아……."

금화평과 주상효의 가족이 무극애에 살고 있으며 추방되면 그곳을 떠나야 한다는 것이다.

아마도 그것은 가장 무서운 형벌일 것이다. 가족을 떠나서 부귀영화를 누린들 무엇 하겠는가.

사람의 행복이라는 것은 무엇이든지 가족과 함께 나누고 누리는 것인데, 그러지 못한다면 세상을 살아가는 의미가 없을 터이다.

진천룡은 될 수 있으면 금화평 부부에게 나쁜 일이 생기지 않도록 해주고 싶었다.

진천룡이 그런 배려를 하는 이유는 아까 금화평이 주상효에게 보였던 지극한 사랑 때문이다. 그 사랑이 진천룡의 마음을 움직인 것이다.

이즈음의 그는 인생에서 가장 소중한 것이 사랑이라는 굳은 믿음을 지니게 되었다. 물론 그가 설옥군을 사랑하고 또 그리워하기에 그런 것이다.

진천룡은 가볍게 고개를 끄떡였다.

"그렇다면 이곳에 그대로 있도록 하시오."

금화평과 주상효는 크게 놀랐다.

"그게 무슨 말이오?"

"이곳에서 귀하가 해야 할 일을 하시오."

금화평과 주상효는 복잡한 표정을 지었다. 두 사람은 진천룡의 배려를 감당하지 못하는 것 같았다.

진천룡은 일어서며 부옥령에게 말했다.

"가자."

금화평과 주상효는 동시에 벌떡 일어섰다.

"이렇게 가면 어찌하오?"

"가지 말아요!"

진천룡은 온화하게 미소 지었다.

"괜찮소."

그런데 그때 누군가의 목소리가 들렸다.

[내가 괜찮지 않소.]

진천룡과 부옥령은 흠칫했다.

방금 전의 목소리가 이어졌다.

[기다리시오. 곧 가겠소.]

그 목소리는 이곳에 있는 네 사람 모두 들었다.

부옥령의 눈빛이 날카로워졌다.

'천리전음……!'

천리전음은 최대 백 리 밖에서, 그리고 십여 장 밖에서도 보낼 수 있다.

그러니까 방금 말한 인물은 가깝게는 십여 장 밖에서 멀게는 백 리 밖에 있다는 뜻이다.

그러나 그가 '곧 갈 테니 기다리라'라고 말했으므로 멀지 않은 곳에 있을 것이다.

진천룡은 짚이는 바가 있어서 금화평 부부를 쳐다보았다.

그런데 금화평 부부의 얼굴에 똑같이 크게 놀라는 표정이 떠올라 있었다.

진천룡은 주위에 보호막을 치면서 전음으로 물었다.

[누구요?]

금화평은 당황해서 손가락 하나를 입에 세우며 말하지 말라는 시늉을 해 보였다.

[보호막을 쳤으니까 말해도 괜찮소.]

그러나 금화평이 막 말을 하려는 순간 진천룡과 부옥령 앞에 두 개의 흐릿한 그림자가 일렁거렸다.

부옥령은 순간적으로 자신과 진천룡 앞에 무형의 호신막을 쳐서 급습을 대비했다.

나타난 사람은 젊은 청년과 여자였다. 그들은 마치 인간 세상 사람이 아닌 듯한 용모에 천상에서 방금 하강한 듯한 옷차림이었다.

보통 사람이 갑자기 출현하면 잔잔한 미풍이라도 일든가 옷자락이 펄럭이기 마련인데 일남일녀는 오래전부터 그 자리에 서 있던 것처럼 자연스러웠다.

금화평과 주상효는 일남일녀를 보더니 크게 당황하면서 급히 허리를 깊숙이 굽혔다.

"천상호위(天上護衛)를 뵈옵니다."

일남일녀는 매우 준수하고 출중한 미모를 지녔으며 속세의 사람이 아닌 듯 탈속한 기품을 지녔다.

그중 여자가 금화평 부부에게 손을 뻗으며 화사한 미소를 지었다.

"두 분은 예의를 거두세요."

금화평 부부가 허리를 펴기를 기다렸다가 진천룡이 거두절미하고 일남일녀에게 물었다.

"괜찮지 않다는 것은 무슨 뜻이오?"

아까 청년이 천리전음으로 했던 말이다.

청년이 온화한 미소를 지으며 대답했다.

"귀하가 이대로 가는 것이 괜찮지 않다는 뜻이오."

진천룡은 미간을 살짝 찌푸렸다. 그는 일남일녀가 마음에 들지 않았다.

뭐라고 꼬집어 말할 수는 없지만 그의 행동거지가 왠지 가식이 섞인 것 같은 느낌이다.

"괜찮지 않으면 어쩔 셈이오?"

청년은 칼에 찔려도 지워지지 않을 것 같은 훈훈한 미소를 지으며 말했다.

"은원을 분명히 합시다."

"은원이라고 했소?"

"그렇소."

진천룡은 조금 더 청년이 싫어졌다. 이유는 없다. 그저 본능 같은 것이다.

청년은 금화평 부부를 가리키면서 말했다.

"이들이 귀하에게 입은 은혜부터 해결하겠소."

진천룡은 못마땅함을 얼굴에 드러내지 않으려고 천천히 팔짱을 꼈다.

"해보시오."

그는 청년이 부옥령을 가끔 쳐다보는 것을 느꼈다. 아니, 훔쳐보는 것이다. 그것은 아무리 좋게 봐도 호색이라고밖에 생각할 수가 없다.

절세미녀를 보면 어느 누구라도 시선이 가겠지만 무극애에서 지체 높은 신분의 청년은 그 정도 수양심은 지니고 있는 사람이 아닌가.

그런 점에서 보면 청년이 호색한이라고밖에는 생각할 수가 없는 것이다.

이십 대 중반쯤 된 여자도 부옥령을 쳐다보는데 왠지 불안한 눈빛이다.

그녀가 부옥령은 물론이고 청년도 힐끗거리는 것으로 미루어 청년이 부옥령의 미모에 마음을 뺏기는 것을 염려하는 것 같았다.

청년은 자신이 부옥령을 힐끗거리는 것을 여자와 진천룡이 보고 있다는 사실을 느꼈는지 일순 얼굴이 가볍게 굳더니 그 때부터는 조금 냉정한 표정을 지으며 금화평 부부를 가리키며 말했다.

"이들을 집으로 돌려보내는 것이 귀하가 원하는 것이오?"

"그렇소."

"이유를 물어봐도 되겠소?"

참고로 금화평은 부옥령에게 그다지 눈길을 주지 않았었다. 진천룡과 대화하다가 그녀를 봐야 할 때에만 봤었다.

부옥령에 비하면 주상효의 용모는 하늘과 땅 차이인데도 그는 주상효의 목숨이 갈림길에 놓여 있을 때 자신의 목숨을 내놓을 정도로 그녀를 진심으로 사랑했었다.

진천룡은 담담하게 대답했다.

"이들 부부가 안전하기를 원하오."

진천룡은 청년의 입술 끝이 미미하게 올라가는 것을 보았다. 비웃음이다.

"이들 부부가 여기에 있으면 안전하지 않다는 것이오?"

"그렇소."

"어째서 그렇소?"

청년의 입술 끝 미소가 사라졌지만 이번에는 얼굴 전체로 웃기 시작했다.

다른 사람이 보면 온화한 미소 같지만 진천룡은 그것이 비웃음이라는 것을 간파했다.

진천룡은 차분한 어조로 대답했다.

"항주에 남아 있는 외부의 세력들은 조만간 모두 죽을 것이기 때문이오."

청년은 조롱을 감추면서 고개를 끄떡였다.

"아하, 그래서 이들 부부를 안전하게 집으로 돌려보내려는 것이구려."

금화평 부부는 진천룡의 진심을 알게 되어 얼굴에 감동하는 표정이 엷게 나타났다가 사라졌다.

청년은 시원하게 고개를 끄떡였다.

"알았소. 귀하의 뜻대로 해주겠소."

그는 금화평 부부에게 온화한 얼굴로 말했다.

"그대들은 지금 즉시 집으로 돌아가도록 하시오. 뒷일은 내게 맡기시오."

금화평과 주상효는 깜짝 놀라더니 복잡한 표정으로 진천룡을 바라보았다.

윗사람인 청년의 명령이 떨어진 이상 금화평 부부는 항주를 떠나도 무극애를 배신하지 않는 것이 된다.

진천룡은 훈훈한 미소를 지으며 고개를 끄떡였다.

"행복하시오."

금화평의 얼굴이 여러 차례 복잡하게 변하더니 이윽고 공손히 고개를 숙였다.

"대인, 건승하시오."

주상효는 커다란 두 눈에 눈물이 가득 고여서 진천룡을 응시하며 옷자락을 만지작거렸다.

내심의 감정이 복잡하여 그녀는 작별 인사를 해야 한다는 사실마저 망각했다.

금화평과 주상효는 진천룡에게 전음으로나마 속마음을 말하지 못했다.

청년과 여자 즉, 무극애 천상호위가 전음을 감청하는 것쯤은 땅 짚고 헤엄치기만큼 쉽다는 걸 알고 있었기 때문이다.

진천룡은 미소 지으며 고개를 끄떡였다.

"가시오."

금화평은 주상효의 손을 잡고 문으로 걸어갔다. 이런 상황에 머뭇거리는 것은 좋지 않기 때문이다.

진천룡에게 할 말은 태산 같지만 머뭇거린다고 해서 두 사람의 내심이 그에게 전해지는 것은 아니다.

어쩌면 두 사람이 이 자리를 빨리 피해주는 것이 진천룡에게 도움이 될지도 모르는 일이다.

아니, 솔직히 두 사람은 이후의 일이 어떻게 전개될지 상상할 수가 없었다.

두 사람이 경험한 진천룡과 부옥령의 무공은 측량할 수 없을 만큼 고강하지만 천상호위의 무공도 그보다 고강하면 고강했지 약하지 않기 때문이었다.

무극애에서 천상호위의 지위는 상중하로 나누었을 때 상에 속한다.

그 상을 다시 상중하로 나누면 천상호위는 중에 속한다. 그렇다고 해도 천상호위 위의 상의 상에 속하는 최고 신분은 채 열 명도 되지 않았다.

무극애의 천상호위는 모두 삼십 명이며 남자 십오 명 여자 십오 명이고, 그들은 하나같이 부부로 이루어져 있다.

금화평 부부가 나간 후 진천룡은 천상호위 청년을 보며 담담하게 말했다.

"이제 귀하들이 갈 차례로군."

청년은 부옥령에게 한 번 시선을 주었다가 진천룡을 보며 나직하게 웃었다.

"하하하! 어디로 가라는 말이오?"

청년이 웃을수록 진천룡은 차분해졌다.

"그건 내 알 바 아니오. 다만 내 땅에서 나가라는 뜻이오."

청년은 어이없다는 표정을 지었다.

"항주가 귀하 것이오?"

"그렇소."

"하아……"

청년은 웃음이 터지기 직전의 표정을 지었다가 목구멍으로 삼켰다.

"황제가 귀하에게 항주를 주었소?"

그의 말에 웃음기가 배었다.

진천룡은 조금 짜증이 나는 것을 참았다.

"이 땅은 그냥 내가 차지했소."

청년은 점잖게 타이르듯이 말했다.

"반역인 것이오?"

그때 참고 참았던 부옥령이 마침내 폭발했다.

"이 자식아! 아가리 닥치고 언제 싸울 것인지나 말해라!"

*   *   *

청년은 어벙한 표정으로 부옥령을 쳐다보았다.

부옥령은 절세의 미모뿐만 아니라 목소리마저 꾀꼬리 찜 쪄서 먹을 만큼 아름다웠다.

그런데 그런 절세미녀가 아름다운 옥음으로 욕설을 퍼붓자 묘한 이질감이 느껴졌다.

"후레자식아! 죽는 게 겁나면 잽싸게 사라지고 싸울 것이면 당장 시작하자!"

진천룡이 청년에게 느끼고 있는 것을 부옥령도 똑같이 느끼고 있었다.

더구나 청년이 줄곧 느끼한 얼굴로 자신을 주시하자 부아가 치밀고 있었다.

청년은 쓸쓸한 표정으로 자신감 없게 항변했다.

"불초의 이름은 감창(監昌)이오. 낭자, 혹시 불초가 결례를 범했소?"

부옥령은 얼굴 하나 찌푸리지 않고 얼음 가루를 날리듯이 차갑게 종알거렸다.

"감창인지 곱창인지 네놈이 여기에 서 있는 자체가 하늘 아래 최악의 결례다."

부옥령이 꾸짖는 것을 보고 있는 진천룡은 십 년 묵은 체증이 뻥 뚫리는 시원함을 느꼈다.

'아아⋯⋯! 령아, 잘한다!'

여자 역시 속이 뻥 뚫리는 시원함을 맛보았다. 자신의 남편이 외간 여자에게 넋이 팔려 있는 것을 보고 괜찮을 여자가 어디에 있겠는가.

그렇지만 아무리 그래도 내 남편을 남이 그것도 여자가 구박을 하면 끝에 가서는 기분이 나쁠 수밖에 없다.

감창의 아내 경조(景祚)는 품위를 잃지 않고 우아한 몸짓을 하며 말했다.

"이것 보세요. 말씀이 좀 지나치지 않나요?"

그녀 경조라고 해서 부옥령의 꾸짖음을 피해 갈 수 있을 리가 없다.

"넌 뭐냐?"

경조는 품위를 잃지 않으려고 애썼다.

"경조라고 해요."

"너 같은 것의 이름을 묻는 게 아니라 네가 나설 자리가 아니라고 꾸짖는 것이다."

"나는……."

"혼나지 않으려면 입 닫고 가만히 있어라. 알았느냐?"

"네……."

부옥령이 얼마나 서슬이 퍼랬으면 경조는 서리 맞은 배추처럼 기가 팍 죽었다.

이 한 번의 말로 그녀가 성품이 곱고 연하다는 사실이 여실히 드러났다.

부옥령은 되지도 않는 대화를 길게 끌고 싶은 생각이 추호도 없다.

"자! 이제 어떻게 할지를 말해봐라."

감창은 정중함을 잃지 않으려고 애썼다.

"무슨 뜻이오?"

부옥령의 말투는 아랫것들에게 하는 꾸짖음 이상도 이하도 아니었다.

"싸울 것이냐? 아니면 떠날 것이냐?"

감창은 이제 본론을 논해야 할 때라고 판단했다. 그렇다고 해도 천하절색의 미녀 앞에서 잘난 체하는 모습을 포기하고 싶지는 않았다.

"우리의 목적은 검황천문과 영웅문의 얽힌 일을 해결하는 것이오."

부옥령도 이번만큼은 침묵을 지켰다. 무극애의 본심을 알아야 하기 때문이다.

감창은 어깨를 으쓱거리면서 최대한 멋진 사람처럼 보이려고 애쓰며 말했다.

"사실 검황천문 뒤에는 무극애가 있었소."

감창은 자신이 이런 말을 하면 진천룡과 부옥령이 놀랄 것이라고 짐작했는데 너무도 태연한 얼굴이라서 조금 뜨악한 표정을 지었다.

그렇다고 알고 있었느냐고 묻는 것은 지금 상황에서 적절하지 않은 것 같아서 그냥 말을 이었다.

"영웅문은 여러 차례에 걸쳐서 검황천문을 괴롭혔으며 막대한 피해를 입혔소."

그렇게 된 원인은 검황천문이 먼저 영웅문을 공격했다가 고배를 마셨기 때문이다.

그게 한두 번이 아니고 여러 번에 걸쳐서 이어졌으며, 그때

마다 검황천문이 대패를 했으므로 피해가 막대할 수밖에 없는 것이다.

"그래서 우리는 영웅문을 응징해야겠다는 결정을 내렸소. 영웅문이 뿌린 대로 거두는 것이니 인과응보이다."

그때 부옥령이 불쑥 물었다.

"무극애가 천하제패를 하려는 것이냐?"

감창과 경조는 움찔 놀랐다. 부옥령이 예고도 없이 정곡을 찔렀기 때문이다.

"그게 무슨 말이오?"

정곡을 제대로 찔린 감창은 화가 섞인 목소리로 버럭 고함을 질렀다.

이때는 부옥령에게 자신이 멋진 남자로 보이는 것을 의식하지 않았다.

부옥령은 정색을 하고 말했다.

"아니면 아니라고 말해봐라."

"……"

감창은 꿀 먹은 벙어리처럼 입을 다물었고 얼굴에는 당황하는 기색이 떠올랐다.

부옥령은 다 알고 있다는 듯한 얼굴로 말했다.

"무극애는 오랜 세월 동안 천하제패를 위해서 많은 준비를 했을 테고 이제야 천하를 향해 거보를 내딛는 것이겠지. 그 첫 번째 제물이 영웅문인 거야."

군이 확인할 필요도 없다. 감창과 경조가 적잖이 놀라는 표정을 지었다가 굳어지는 것만 봐도 부옥령의 말이 정확하게 맞다는 것을 알 수가 있다.

부옥령의 차가운 목소리가 이어졌다.

"무극애는 영웅문을 괴멸시키기로 작정했으므로 어차피 피할 수 없는 싸움이다."

"음!"

감창의 묵직한 신음이 부옥령의 말을 인정했다.

"너희는 무극애의 주력이냐?"

비수처럼 날카로운 물음에 감창은 비로소 천천히 고개를 가로저었다.

"우리는 척후라고 할 수 있소."

"그렇다면 항주 성주를 만나서 영웅문을 염탐하고 때에 따라서는 영웅문주와 최측근을 공격하여 치명타를 안기는 것이 임무로군."

감창과 경조는 적잖이 놀라는 표정을 지었지만 대답은 하지 않았다.

그때 밖에서 둔탁한 폭음과 날카로운 파공음이 한꺼번에 들려왔다.

퍼퍼펑!

쐐애애액!

진천룡은 전각 밖에서 싸움이 벌어졌음을 깨닫고 감창에게 말했다.

"여기에서 싸우겠소?"

감창은 빙글 몸을 돌려 문으로 향했다.

"나갑시다."

*　　　　*　　　　*

밖에서는 한창 격렬한 싸움이 벌어지고 있는 중이었다.

청랑과 은조, 훈용강, 취봉삼비가 백여 명의 고수들에게 포위된 상태에서 좌충우돌하며 싸우고 있다.

전각의 대전을 나서면서 진천룡과 부옥령이 재빨리 살펴보니 적들은 일류고수와 절정고수 중간 정도의 실력을 지녔으며 청랑을 비롯한 여섯 명이 열세에 처해 있었다.

지금 상황에 진천룡과 부옥령이 가세하면 그 즉시 전세가 역전되겠지만 무극애 천상호위 감창과 경조가 가만히 있지 않을 것이다.

진천룡은 갑자기 와락 화가 치밀었다. 항주성 한복판에서 영웅문 사람들이 핍박을 받고 있다는 사실이 그의 분노에 불을 당겼다.

더구나 항주는 영웅문이 있는 곳이다. 무극애든 검황천문이든 항주에서는 설치지 못해야 당연한 일이다.

진천룡의 표정을 살핀 부옥령은 그의 내심을 즉시 간파하고 성 밖에 대기하고 있는 강비에게 전음을 보냈다.

[강비야! 화전(火箭)을 쏴라! 영웅호위대를 불러라!]

진천룡은 대전으로 같이 나온 감창을 보며 말했다.

"우리도 싸웁시다."

감창은 격전장을 등지고 한적한 곳으로 걸음을 옮겼다.

"이쪽에서 겨룹시다."

스읏……

그는 단지 한 걸음 내디뎠을 뿐인데 어느새 십여 장 떨어진 정원 한가운데에 이르러 몸을 돌리고 있다.

경조는 감창의 그림자처럼 나란히 섰다. 그녀가 이동하는 것은 보지도 못했다.

감창은 미끄러지듯이 다가오는 진천룡과 부옥령을 지켜보고 있다가 두 사람이 멈추자 선심을 쓰듯이 말했다.

"어떤 방식으로 싸우기를 원하오? 귀하들이 원하는 대로 해주겠소."

진천룡은 고개를 끄떡였다.

"일대일로 싸웁시다."

그러자 부옥령이 감창의 전면에 마주 서면서 말했다.

"제가 저자와 싸우겠어요."

부옥령은 아무래도 경조보다는 감창이 고강할 것 같아서 자신이 싸우려는 것이다.

부옥령은 자신이 진천룡보다 조금 더 고강할 것이라고 생각하는데 진천룡 생각은 다르다.

그의 공력 증진 속도는 타의 추종을 불허할 정도로 빨라서 지금쯤은 부옥령과 비슷한 수준이라고 자부했다.

하지만 부옥령은 싸움 경험이 풍부하기 때문에 감창을 상대하는 것이 좋을 것이다.

감창은 자신이 여자를 상대하게 되었는데도 싫지 않은 표정을 지으며 포권을 했다.

"손속에 사정을 두기 바라오."

점잖게 말하는 그에게서 정인군자의 기품이 펄펄 풍겼다.

부옥령은 어깨를 벌리면서 툭 내뱉었다.

"개소리 집어치우고 어서 공격해라."

"하하하! 낭자가 먼저 공격하시오."

감창은 끝까지 정인군자 행세를 하면서 속으로 부글부글 끓고 있었다.

'오냐! 내게 제압된 후에 살려달라고 애걸복걸하는 모습을 꼭 보고 싶구나!'

사실 감창은 호색을 할지언정 의협심과 정의감이 투철한 인물이다.

그렇지만 사람 속을 박박 긁어대는 부옥령에게만은 밑천을 다 드러내고 있는 것이다.

"쓰러져라!"

슈욱!

부옥령은 날카롭게 외치면서 감창에게 곧장 쏘아가며 쌍장을 뻗었다.

고오오—!

한 줄기 금광이 번쩍! 하는 순간 어느새 감창의 코앞에 쇄도하고 있다.

"헛!"

부옥령이 자신보다 두어 수 아래일 것이라고 예상했던 감창은 흠칫 놀랐다.

피하기에는 이미 늦었다. 그는 다급하게 쌍수를 내밀면서 미리 끌어올렸던 전 공력을 주입하여 발출했다.

큐웅!

무극애의 절학이 중원무림에서 최초로 전개되었다.

꽈르릉!

두 개의 강기가 격돌하자 천번지복의 굉음이 터지면서 두 사람은 동시에 뒤로 퉁겨졌다.

부옥령은 뒤로 반 장가량, 감창은 일 장쯤 물러났다.

감창이 자세를 잡으려는 순간 부옥령은 이미 그를 향해 접간공리의 최상승 경공으로 거리를 좁히면서 두 번째 공격을 폭발하듯이 뿜어냈다.

그오오옷—!

아미파의 실전됐던 최고 절학 금정신산수의 마지막 절초인 금신강권이다.

아미파가 당대에 금정신산수로 강호를 누볐다면 일약 천하 제일문파가 되었을 테지만 아미파에서 금정신산수를 알고 있는 사람은 부옥령뿐이다.

천하이대성역의 무극애 역시 그 절학이 최고 수준일 테지만 그래 봐야 하늘 아래 뫼인 셈이다.

무공의 근원이 한곳에서 나왔으며 궁극이 같은 바에야 최종적으로 승패를 가르는 것은 싸움의 풍부한 경험과 막강한 공력이다.

감창은 무극애에서 삼십 위 안에 꼽히는 고수인데 중원 영웅문의 한낱 좌호법에게 밀린다는 사실이 믿어지지 않았다.

그러나 그는 미처 몰랐다. 부옥령이 보통 좌호법이 아니라 무적의 좌호법이라는 사실을 말이다.

부옥령과 감창의 싸움을 지켜보던 진천룡은 걱정하지 않아도 되겠다는 생각을 하며 경조에게 말했다.

"우리도 싸워볼까요?"

경조는 생긋 미소 지으며 고개를 끄떡였다.

"그래요. 내가 먼저 공격하겠어요."

그녀는 남편 감창이 열세에 처한 모습을 봤을 텐데도 전혀 걱정하는 얼굴이 아니다.

그래서 진천룡은 뭔가 심상치 않음을 느꼈다. 감창이 전력을 다하지 않았거나 숨겨둔 비장의 비책이 있을지도 모른다는 생각이 들었다.

그러나 진천룡의 생각은 길게 이어지지 못했다. 경조의 공격이 시작된 것이다.

"가요!"

경조는 짧고 명랑하게 외치면서 진천룡을 향해 흰 섬섬옥수를 불쑥 내밀었다.

비웃!

그녀는 진천룡에게 덮쳐오지도 않고 제자리에서 공격하는데 물고기 비늘 같은 것이 반짝거렸다.

진천룡은 그것이 무엇인지도 모른 채 오른 주먹을 쭉 뻗어 대라벽산 이초식 숭양권을 발출했다.

콰우웅!

무려 오백 년이 넘는 공력을 실은 숭양권이 허공을 묵직하게 울리면서 일직선으로 뿜어졌다.

第百七十八章

악전고투

대라벽산은 설옥군이 진천룡에게 가르쳐 준 아미파의 실전된 절학이다.

만약 현존하는 아미파 장문인이 대라벽산을 전개한다면 무림에서 그것을 받아낼 수 있는 고수는 백여 명 정도에 불과할 것이다.

그런데 진천룡이 대라벽산을 전개한다면 그것을 받아낼 수 있는 고수는 무림을 통틀어서 이십여 명 정도일 것이다.

진천룡은 여자이며 아직 젊은 경조가 오백 년이 넘는 공력이 실린 대라벽산 승양권을 받아낼 수 있을 것이라고는 생각하지 않았다.

후우웅!

지축과 허공을 떨어 울리며 뿜어진 숭양권은 어느새 경조의 일 장 앞까지 쇄도하고 있다.

진천룡은 경조가 번쩍! 하고 비늘 같은 강기로 공격을 시작하는 순간 이미 호신막으로 몸을 보호했다.

그녀가 어떤 공격을 하든 호신막을 뚫지는 못할 것이다. 그냥 호신막이 아니라 호신강기다. 강기로 형성된 호신막을 뚫을 수 있는 무공은 없다.

경조가 발출한 비늘 같은 강기는 쏘아오다가 시야에서 사라져 버렸다.

진천룡이 안력을 최대로 돋우어서 살펴본다면 비늘을 발견할 수 있겠지만 그렇게 하면 이미 발출한 숭양권이 흔들릴 수가 있다.

비늘이 보이지 않더라도 호신막이 충분히 방어할 수 있을 테니까 염려할 것 없다.

그런데 진천룡은 숭양권이 자신의 코앞까지 쇄도하고 있는데도 경조가 그 자리에서 전혀 피할 생각을 하지 않고 있으며 또 당황하지도 않는 것을 발견하고 문득 의아한 생각이 불쑥 들었다.

저 상황에서 경조가 숭양권에 적중되면 아무리 초극고수라고 해도 즉사하거나 폐인이 되고 말 것이다.

그런데도 반격도 하지 않은 채 우두커니 서 있다는 것은 대체 무슨 뜻인가.

팟!

그 순간 진천룡은 가벼운 음향과 함께 반짝이는 비늘이 오른쪽에서 무형의 호신막을 뚫는 것을 발견했다. 경조가 발출하자마자 사라졌던 그 비늘이다.

그런데 그가 호신막이 뚫리는 소리를 듣자마자 재빨리 쳐다봤을 때에는 이미 선명하도록 반짝이는 비늘이 호신막을 뚫고 들어와서 그의 옆구리에 쑤셔 박히고 있는 중이다.

푹!

"으헉!"

옆구리가 뜨끔하면서 무언가 몸속으로 깊숙이 파고드는 느낌에 그의 입에서 자신도 모르게 쥐어짜는 듯한 답답한 신음이 터졌다.

그와 동시에 그가 발출한 숭양권에 주입된 공력이 절반으로 줄어들고 속도까지 느려졌다.

경조가 여유 있는 모습을 보였던 것은 바로 이런 것을 노렸기 때문이었다.

숭양권이 위력적이고 무섭기는 해도 그보다 먼저 비늘이 진천룡의 몸에 파고들 것이고, 그러면 자연히 숭양권이 와해되거나 위력이 현저하게 약해질 것이다.

경조는 그것으로 끝내지 않고 지척의 숭양권을 향해 일장을 뿜어냈다.

그녀가 왼손을 뒤집어서 비늘을 발출하고 뒤이어 숭양권을
향해 일장을 발출한 동작은 눈 한 번 깜짝일 정도의 짧은 순
간이었다.

꽝!

"크윽"

경조가 순간적으로 발출한 일장과 숭양권이 격돌하면서 폭
발음이 터지며 진천룡은 만 근 바위가 가슴에 부딪친 듯한 묵
직한 충격을 받고 뒤로 붕 날아갔다.

경조가 진천룡보다 하수라고 해도 형편없는 하수가 아니기
에 위력이 절반으로 줄어든 숭양권 정도는 갈가리 찢어발길
수 있는 것이다.

진천룡은 자신이 이처럼 어이없이 그리고 허무하게 당할 것
이라고는 반 푼어치도 예상하지 않았었다. 경조에게 일초식 만
에 당하다니 기가 막힐 일이다.

그는 오히려 싸움이 시작되면 자신이 경조를 서너초식 만에
제압할 것이라고 예상했었다.

경조는 진천룡보다 하수지만 고수이기도 하다. 그런 역설이
가능한 이유는 공력 면에서는 그녀가 하수일지 모르지만 수
싸움에서는 고수이기 때문이다.

바로 지금 그것이 여실하게 드러나고 있지 않은가. 경조는
싸움 경험이 풍부한 것이 아니라 진천룡이 갖고 있지 않은 무
언가를 갖고 있으며 그것이 결정적인 역할을 했다.

상체가 뒤로 비스듬히 눕혀진 자세로 날아가는 진천룡의 입과 코에서 피가 확 뿜어져 나왔다.

그는 옆구리의 일격과 숭양권의 반탄력 탓에 머릿속이 흙탕물처럼 어지럽고 가슴은 답답했으며 몸에서 무언가 자꾸 줄줄 새어 나가는 느낌이 들었다.

만약 지금 이 순간에 경조가 그림자처럼 따라붙으며 두 번째 공격을 가한다면 그는 속절없이 당하고 말 것이다.

그로서는 급히 반격할 태세를 갖추어야만 한다. 아차 하는 순간에 생사가 갈린다.

'끙! 치료부터 하자……!'

그는 온몸이 고통에 가득 찬 상태로 날아가고 있는 중에 치료부터 해야 한다고 중얼거렸다.

그의 몸은 그냥 내버려 둬도 스스로 치료가 되지만 그러려면 최소한 한 시진을 기다려야 한다.

그러나 그가 직접 순정기를 일으켜서 치료를 하면 두 호흡이면 깨끗이 완치된다.

부옥령은 세 번째 공격을 감창에게 퍼붓고 있는 중에 진천룡의 답답한 비명을 듣고 움찔 놀라 급히 그를 쳐다보다가 안색이 급변했다.

진천룡은 상체가 뒤로 젖혀진 상태로 날아가고 있는 중인데 옆구리에서 피가 흐르고, 코와 입에서도 피를 흘리고 있는 광경이 아프게 부옥령의 눈으로 파고들었다.

부옥령은 심장이 조각나는 것처럼 괴롭고 걱정이 됐다.

'주인님······.'

그 바람에 부옥령은 공력이 흐트러지면서 두 개의 실수를 저지르고 말았다.

감창에게 발출한 세 번째 금신강권에 실린 공력이 약간 감소했으며, 진천룡을 쳐다보는 바람에 줄곧 눈으로 쫓던 감창을 시야에서 놓치고 말았다.

'이런······.'

부옥령에게 세 번째 공격까지 당하면 그야말로 일패도지의 위기에 처할 수밖에 없을 뻔했던 감창으로서는 갑자기 찾아온 천재일우의 기회다.

그로서는 수단과 방법을 가리지 말고 무조건 이 위기에서 벗어나야만 한다.

그러지 못하면 단 삼 장 만에 땅바닥에 누워 죽음을 기다려야만 할 것이다.

그가 부옥령을 제압한 후에 통쾌하게 복수하려던 얄팍한 계산은 어불성설 헛꿈이었다.

여차하면 그의 목숨이 날아갈 판국이다. 그는 설마 부옥령이 이처럼 고강할 줄은 꿈에도 예상하지 못했다.

시골 지방의 문파 좌호법이라고 방심하고 건방지게 굴었던 것이 실수다.

부옥령이 아주 잠깐 한눈을 판 순간에 감창은 뒤로 바람처럼 물러났다.

일단 부옥령의 사정권에서 벗어나는 것이 급선무라고 판단한 것이다.

"……!"

그 순간 뒤로 일 장쯤 물러나던 감창의 뇌리를 스치는 것이 있다.

부옥령이 딴 데 한눈을 팔고 있는 사이에 도망만 칠 것이 아니라 오히려 그녀를 역습해야 한다는 생각이다. 지금의 절호의 기회다.

그런데 비겁하게 도망칠 궁리부터 하다니 스스로가 생각해도 한심했다.

거기까지 생각한 감창은 그 즉시 번쩍 전방의 허공으로 솟구쳐 오르며 온몸의 공력을 두 손에 모았다.

바로 그때 부옥령이 진천룡에게서 시선을 거두어 원래 감창이 있던 방향을 쳐다보았다.

"아……."

그런데 눈앞에 있어야 할 감창이 사라졌다. 그녀가 진천룡의 비명을 듣고 쳐다보았다가 다시 감창에게 시선을 준 시간은 한 호흡을 열로 쪼갠 찰나지간에 불과했다.

아무리 경험이 풍부한 부옥령이라고 해도 이제는 싸우는 중에 한눈을 판 대가를 치를 수밖에 없다.

사실 그녀는 감창을 놓친 것 말고도 결정적인 실수를 하나 더 저질렀다.

한눈을 파는 동안에 자신도 모르게 감창에게 발출했던 일장의 속도가 늦춰지고 위력이 감소한 것이다.

그러려고 해서 그렇게 된 것이 아니라 한눈을 파는 사이에 저절로 그렇게 됐다.

'낭패다……!'

시야에서 적을 놓쳐 버렸다는 것은 이제 곧 암습을 당할 것이라는 뜻과 같았다.

더구나 방금 전까지 치열하게 싸우고 있던 적을 잃었으니 이것은 치명적이다.

그 순간 진천룡의 전음이 부옥령의 고막을 울렸다.

[령아, 십칠천방지향(十七天方支向)이다!]

그것은 방위를 가리키는 것으로 평소 진천룡을 비롯한 영웅문 고수들이 무공연마를 할 때 주로 사용한다.

진천룡은 부옥령 머리 위의 삼백육십 개의 방향 중에서 감창이 십칠천방에서 공격하고 있다는 사실을 정확하게 알려준 것이다.

그 순간 부옥령은 허공으로 몸을 띄워 수평으로 팽그르르 회전하며 피하면서 십칠천방지향을 향해 오른손을 뻗어 금신강권을 전력으로 뽐어냈다.

팽그르르 회전하는 이유는 그러면서 되도록 쉽게 호신막을 만들려는 것이다.

진천룡이 일러주지 않았더라면 부옥령은 꼼짝없이 감창의 암습에 당하고 말았을 것이다.

그녀가 한발 늦게 머리 위에 떠 있는 감창을 발견했다고 해도 그때는 이미 선수를 뺏긴 상황이기 때문에 반격을 하기에는 늦다.

설혹 반격을 했다손 치더라도 감창의 공격이 먼저 그녀에게 적중될 수밖에 없는 상황이다.

부옥령의 머리 위 이 장 높이 허공에서 무극애의 최고절학 중 하나인 천애선력(天涯旋力)을 막 발출한 감창은 그녀가 자신을 향해 정확하게 반격하는 것을 보고 움찔 놀랐다.

진천룡은 뒤로 날아가는 동안 깨끗이 치료가 됐다. 옆구리 깊숙이 꽂혔던 비늘이 몸 밖으로 밀려 나왔으며, 상처가 봉합되고 내상은 말끔히 완치됐다.

그는 완치가 됐지만 일부러 뒤로 몸을 눕힌 채 경조가 가까이 접근하여 두 번째 공격을 하기를 기다렸다.

그러면서 옆구리를 더듬어 하나의 얇은 물체를 손에 가만히 쥐었다.

그것은 경조가 발출한 비늘인데 사실은 강기가 아니라 하나의 암기였다.

원래 호신강기는 무형의 강기나 장력으로는 절대로 파훼되지 않는 법이다.

호신강기를 파훼하는 것은 보검이나 전설의 신병이기여야

가능하다.

그 사실을 진천룡은 조금 전에 깨달았다. 옆구리 상처를 치료하는데 복부 안쪽에 무언가 이물질이 들어 있는 것 같아서 그것을 뽑어낸 것이다.

지이……

그런데 그때 진천룡이 손가락 사이에 잡고 있는 비늘암기에 잡아당기는 힘이 살짝 가해졌다.

누군가 비늘암기를 지그시 잡아당기고 있는 것이다. 그럴 사람은 경조뿐이다. 그렇다면 비늘암기에 줄이 연결되어 있는 것이 분명하다.

진천룡은 일순 비늘암기를 놓을 것인지 계속 잡고 있을 것인지 갈등했다.

그러는 사이 비늘암기에 가해지는 힘이 조금 더 세졌다.

그때 진천룡의 뇌리를 스치는 꾀가 있다.

'저 여자는 비늘암기가 아직 내 몸속에 박혀 있을 것이라고 생각할 것이다.'

진천룡은 방금 전에 비늘암기가 옆구리에 꽂히고 숭양권 일장 격돌에 의해서 튕겨져 날아가고 있는 것이 전부라서 어느 누구라도 그가 날아가는 중에 치료를 했을 것이라고는 생각하지 못할 터이다.

그렇다면 지금 경조가 잡아당기고 있는 것은 진천룡 옆구리 속에 쑤셔 박힌 비늘암기를 빼려고 하는 것이다.

그렇다면 경조에게는 비늘암기가 하나밖에 없는지도 모른다. 아니, 하나뿐이기 때문에 그것을 빼내서 다시 사용하려는 것이다.

두 개가 있다면 진천룡을 죽이거나 제압한 후에 몸에서 빼내도 될 것이기 때문이다.

'비늘암기가 몸속에 단단하게 틀어박혀서 잘 빠지지 않는 것처럼 해야겠다.'

비늘암기를 놓아주면 경조는 그것으로 재차 공격을 할 것이 분명하다.

호신강기를 파훼하는 비늘암기가 그녀의 수중에 들어가면 진천룡이 불리할 수밖에 없다.

*   *   *

몸속에 쑤셔박힌 비늘암기가 뼛속에 단단히 박혔다면 잡아당긴다고 해서 쉽게 빠지진 않을 터이다.

그러니까 진천룡이 비늘암기를 좀 더 붙잡고 있는다고 해서 의심을 받지는 않을 것이다.

경조는 비늘암기를 좀 더 세게 잡아당기거나 아니면 포기하든가 둘 중 하나를 선택해야 한다.

아니, 세 번째 방법도 있다. 비늘암기가 줄에 연결되어 있기 때문에 경조가 줄에 공력을 주입하면 비늘암기가 진천룡 체내를 미친 듯이 헤집으며 돌아다니며 장기와 내장과 뼈를 갈가리 찢어발기게 만들 수도 있다.

그것은 경조로서 최후의 방법이며 만약 그녀가 그런 방법을 사용한다면 심보가 매우 악독한 것이라 봐야 했다.

진천룡은 옆구리와 가슴에 각각 타격을 입고 중상을 입은 것처럼 날아가다가 아래로 하강했다.

사아아…….

경조가 빠르게 쏘아오는 것이 느껴졌다. 그녀는 진천룡이 중상을 입었다고 판단하고 가까이 다가와서 제압하거나 끝장을 내려는 것 같았다.

이제 부옥령은 진천룡에 대한 걱정을 크게 덜었을 것이다. 조금 전에 그가 전음으로 그녀의 머리 위에 감창이 떠있다는 사실을 알려주었기 때문이다.

진천룡이 그 정도 여유가 있다면 제 몸 하나 정도는 지킬 수 있다는 뜻이다.

아까는 진천룡이 뒤로 누운 자세로 날아가다 보니까 부옥령 머리 위에 감창이 떠 있는 것을 우연히 목격했던 것이지 그게 아니었다면 중상을 입은 상태에서 어림도 없는 일이다.

진천룡은 일부러 날아가던 자세 그대로 뒷머리와 등을 땅에 둔탁하게 부딪치면서 떨어졌다.

쿵!

이어서 그의 몸이 누운 자세로 땅바닥에 죽 밀려갈 때 경조가 발 쪽에서 빠르게 날아왔다.

진천룡은 반쯤 뜨고 있던 눈을 얼른 감았다. 굳이 눈으로 보지 않아도 눈으로 보는 것만큼 경조의 일거수일투족을 파악할 수 있다.

땅바닥에 누운 자세인 진천룡은 속도가 줄어서 천천히 밀려가고 있으며, 그 위 반 장 거리 허공에 경조가 엎드린 자세로 나타났다.

진천룡은 상처 하나 없는 깨끗한 상태지만 입과 코에서 피를 흘리고, 옆구리에서 뿜어진 핏자국은 여전하기 때문에 누가 보더라도 중상을 입은 것 같았다.

경조는 진천룡이 중상을 입고 혼절한 것이라고 판단하여 방심한 상태에서 그의 혈도를 제압하려고 조금 더 하강하면서 손을 뻗었다.

슷…….

그때 진천룡이 눈을 번쩍 뜨면서 뻗어오는 경조의 손목을 덥석 잡으며 순정기를 주입했다.

"앗!"

그것으로 경조는 마혈이 제압되어 나무토막처럼 뻣뻣해져서 아래로 툭 떨어졌다.

진천룡은 그녀의 손목을 잡은 상태에서 몸을 일으키며 떨어지는 그녀를 두 팔로 안았다.

뻐걱!

"크윽!"

바로 그때 도끼로 나무를 찍는 듯한 음향이 가까운 곳에서 들렸다.

진천룡이 쳐다보자 부옥령의 일장에 정통으로 적중된 감창이 가랑잎처럼 훌훌 날아가고 있었다.

감창은 칠팔 장이나 날아갔다가 전각에 호되게 부딪친 후에 땅에 떨어졌는데 그대로 혼절해 버렸다.

부옥령이 진천룡에게 쏘아오면서 염려스러운 얼굴로 급히 물었다.

"괜찮으세요?"

진천룡은 대답 대신 청랑을 비롯한 측근들이 포위당한 채 싸우고 있는 곳으로 빛처럼 쏘아갔다.

"수하들부터 구하자."

청랑 등을 포위한 채 공격을 퍼붓고 있는 고수들은 중원의 평범한 경장 차림을 한 모습이다.

하지만 그들이 전개하고 있는 무공은 매우 독특해서 중원무림의 무공이 아니라는 것을 즉시 알아차릴 수 있다.

청랑과 은조, 훈용강, 취봉삼비 여섯 명은 포위망 안에서 서로 등진 채 적들을 맞이하여 싸우고 있다.

이들 여섯 명은 각자가 적 십칠팔 명을 상대로 싸우기 때문에 고전을 면치 못하고 있다.

실력 면으로 봤을 때 청랑 등은 적 다섯 명과 싸우면 십여 초 안에 죽일 수 있고, 열 명과 싸우면 팽팽하며, 지금 같은 상황이면 반각에서 일 각 이내에 패하게 될 것이다.

그런데 이들이 싸우기 시작한 지 사분지 일 각쯤 되었으므로 패색이 역력했다.

다만 청랑 등 여섯 명은 하나의 검진을 형성하여 싸우고 있으므로 자신들의 역량보다 삼 할 정도 더 능력을 발휘하고 있어서 그것 때문에 간신히 버티고 있는 중이다.

이들 여섯 명 중에서 다치지 않은 사람은 취봉삼비의 화운빙뿐이다.

그녀가 이들 중에서 가장 고강하여 호신강기를 펼친 상태에서 싸우고 있기 때문이다.

화운빙을 제외하면 다섯 명은 비슷한 수준이므로 누가 누굴 도울 형편이 못 된다.

적들 중에 다치거나 죽은 자는 세 명에 불과하다. 그것은 적들이 싸움에서 우위를 차지하고 있기 때문인데, 그러면서도 다치거나 죽은 사람이 나온 이유는 청랑 등이 워낙 고강한 탓이다.

진천룡과 부옥령이 싸움이 벌어지고 있는 곳 상공으로 비스듬히 쏘아 올랐지만 다들 싸움에 열중한 탓에 아무도 발견하지 못했다.

진천룡과 부옥령은 지상에서 오 장 높이에 정지하여 아래를 향해 각기 순정강기와 무형강기를 뿜어냈다.

츠으으읏!

두 줄기 강기는 수직으로 내리꽂히다가 갑자기 부챗살처럼 좌악! 벌어졌다.

진천룡과 부옥령이 발출한 도합 열 줄기의 지강은 포위망 복판에 갇힌 청랑 등에게서 가장 가까운 적들을 향해 소나기처럼 쏟아졌다.

퍼퍼퍼어억!

"큭!"

"커억!"

열 줄기 지강은 청랑 등에게 맹공격을 퍼붓던 적들 중에서 정확히 열 명의 머리를 관통했다.

느닷없이 벌어진 상황에 청랑 등과 적들 모두 크게 당황하여 한순간 모두의 동작이 정지했다.

그 순간 진천룡의 우렁찬 전음이 청랑 등의 고막을 세차게 두드렸다.

[일제히 이십사지방향(二十四方支向)을 육산형세(六散形勢)로 뚫어라!]

여섯 명은 듣는 즉시 진천룡의 명령임을 간파하고 이십사지방향으로 육산형세 즉, 여섯 명이 한쪽 방향을 부챗살의 형세로 맹렬하게 공격했다.

콰아아앗!

"흐악!"

"와악!"

그 한 번의 공격에 적 십칠 명이 추풍낙엽처럼 허공으로 날아가 버렸다.

느닷없이 벌어진 상황에 적들은 크게 당황하여 어쩔 줄 모르고 우왕좌왕했다.

갑자기 하늘에서 번갯불 같은 것이 쏘아져서 십여 명을 죽이더니, 그 직후에는 포위한 채 공격을 퍼붓고 있던 포위망 한가운데의 적들이 한쪽 방향을 뚫고 나가면서 또다시 십칠 명을 죽여 버렸으니 정신을 차리고 있는 게 오히려 이상하다.

그다음부터는 한바탕 살육의 축제가 벌어졌다.

밤하늘에서는 진천룡과 부옥령이 쉬지 않고 순정강기와 무형강기를 뿜어대고, 지상에서는 청랑 등이 정신을 못 차리고 있는 적들을 가차 없이 도륙하기 시작했다.

퍼퍼퍼퍽!

촤아악! 파아악!

"흐아악!"

"아악!"

젖은 몽둥이로 이불을 두드리는 소리와 애끓는 처량한 비명이 오랫동안 이어졌다.

*　　　　*　　　　*

싸움이 끝났다.

전각 앞의 넓은 마당에는 목불인견의 시체 백여 구가 어지럽게 흩어져 있다.

진천룡과 부옥령을 비롯한 여덟 명은 화가 치밀어서 손속에 사정을 두지 않았으므로 죽은 자들의 모습은 끔찍했고 그들이 흘린 피가 흘러 작은 연못과 내를 이루어 흘렀다.

또한 피비린내가 진동하여 비위가 약한 사람들은 토악질을 할 게 분명하다.

진천룡과 부옥령이 지상에 내려서자 청랑 등은 일제히 그에게 달려왔다.

"주군!"

"주인님!"

그들은 진천룡이 봉두난발에 얼굴과 옆구리가 피투성이인 것을 보고 소스라치게 놀라 외쳤다.

"아앗! 다치셨어요?"

"맙소사! 주인님! 얼마나 다치신 거예요?"

"주군! 어찌 된 겁니까?"

만신창이 몰골의 진천룡은 대수롭지 않다는 듯 손을 저으며 말했다.

"괜찮다."

그는 오히려 측근들을 둘러보며 염려스러운 듯 물었다.

"누가 얼마나 다쳤느냐?"

그의 눈은 빠르게 측근들의 온몸 구석구석을 살폈다.

화운빙을 제외한 다섯 명은 하나같이 상처를 입었으나 중상은 아니었다.

진천룡 눈에 소가연의 옆구리에서 피가 제법 많이 흐르고 있는 것이 보였다.

"연아, 어디 보자."

"주인님……."

소가연은 옆구리 상처의 고통보다는 진천룡의 배려가 더욱 고마웠다.

진천룡이 둘러보기에 다섯 명 중에서 소가연의 상처가 가장 심한 것 같아서 그녀의 손을 덥석 잡고 가까운 정원으로 이끌고 갔다.

"다친 사람은 다들 이리로 와라."

사람들이 진천룡을 따라서 줄줄이 정원으로 가고 있을 때 수십 명의 고수들이 허공에서 하강해 왔다.

"주군!"

그들 중 몇 명은 허공에서 방향을 꺾어 곧장 진천룡을 향해 날아오고, 대부분의 고수들은 사방으로 좌악 흩어지면서 쏘아 가고 있다.

이들은 옥소를 비롯한 영웅호위대 오십여 명인데 강비가 쏘아올린 화전을 보고 달려온 것이다.

부옥령은 옥소와 정무웅 등 부대주들이 달려오는 것을 보고 손을 저었다.

"가서 항주성 전역을 확보하라. 조금이라도 수상한 자들은 모조리 제압하거나 주살하라."

부옥령의 명령을 받았으나 옥소와 정무웅 등은 지면에 내려섰다가 염려하는 표정으로 진천룡을 주시했다. 진천룡이 영락없이 중상을 당한 몰골을 하고 있었기 때문이었다.

옥소 등은 부옥령의 명령보다는 진천룡의 안위가 더 우선이라는 듯이 행동했다.

진천룡은 왼손으로 소가연의 손을 잡고 풀밭에 앉으면서 옥소에게 다른 손을 저으며 미소 지었다.

"나는 괜찮다. 가봐라."

[진짜예요?]

옥소의 전음이 진천룡의 고막을 나직하게 두드렸다. 그녀는 원래 진천룡에게 자신의 내심을 드러내거나 개인적인 얘기를 전혀 하지 않는데 지금은 그의 몰골이 너무 끔찍해서 그냥 넘어가지 못하는 것이다.

진천룡은 옥소를 보며 빙그레 온화한 미소를 지으며 전음을 보냈다.

[그래. 너 걱정시키지 않으려면 죽지도 말아야겠다.]

옥소는 수줍은 듯 살포시 얼굴을 붉히면서 미소를 짓고는 즉시 몸을 돌려 달려갔다.

진천룡과 부옥령, 그리고 측근들은 항주성 가월향 내 어느 전각의 방으로 들어섰다.

　침상과 탁자 따위가 있는 실내의 바닥에는 감창과 경조가 나란히 누워 있었다.

　감창은 옷이 갈가리 찢어졌고 코와 입, 눈, 귀에서 피를 흘리면서 혼절해 있는데 일견하기에도 중상을 입은 것 같은 몰골이다.

　슥……

　진천룡은 청랑이 내어주는 의자에 앉고 부옥령은 그 옆에 서면서 냉랭하게 말했다.

　"사내놈은 구석으로 치우고 계집은 혈도를 풀고 분근착골수법을 전개해라."

　마혈과 아혈이 제압됐을 뿐 정신은 말짱한 경조는 '분근착골수법'이라는 말에 안색이 새하얗게 변했다.

　그렇지 않아도 이 방 바닥에 눕혀진 상태에서 앞으로 자신에게 무슨 일이 벌어질지 조마조마했었는데 느닷없이 분근착골수법이라니 머릿속이 텅 비면서 그저 본능적으로 공포가 몰려들었다.

　무극애 천상호위라는 최상의 신분으로 곱게만 살아온 경조에게 속세의 첫 경험은 너무도 쓰라린 것이었다.

　은조가 경조에게 가까이 다가가더니 손을 들어 올렸다.

　경조는 자신을 굽어보고 있는 은조를 향해 애원하는 표정으로 쉴 새 없이 눈을 깜빡거렸다.

분근착골수법 같은 것을 가하지 않아도 묻는 것을 모조리 말하겠다는 처절한 몸부림이다.

그러나 은조는 일말의 감정도 없는 사람처럼 손가락을 세워 몇 줄기 지풍을 발출했다.

파파팍!

"음……"

第百七十九章

침투

경조는 혈도가 풀리자마자 분근착골수법을 하지 말라고, 묻
는 대로 다 말하겠다고 울부짖으려고 했다.

그러나 그보다 빠르게 은조의 지풍이 분근착골수법 열아홉
개 혈도를 눌러 버렸다.

"……!"

다음 순간 그녀가 가장 먼저 느낀 것은 온몸이 찰나지간에
조각조각 분해돼 버리는 것이었다.

이런 느낌은 태어나서 처음이다. 여태껏 그녀가 접한 고통이
라고 해봤자 무공을 연마하는 과정에 어쩌다가 몇 대 얻어맞
은 것이 전부였었다.

그런데 지금 그녀가 맛보고 있는 것은 생이 끝나고 천지가 종말을 고하는 듯한 어마어마한 고통이다.

"끄어어……."

그녀는 사지를 뻣뻣하게 쭉 뻗은 채 온몸을 부르르 떨면서 눈이 돌아가고 입이 찢어질 듯이 크게 벌어지는데 혀가 목구멍 안으로 말려 들어가고 있다.

그녀는 희번덕이는 눈에 얼핏 진천룡의 모습이 보이자 사력을 다해서 외쳤다.

"끄으으… 사… 사… 려… 주……."

그러나 말이 되어 나오지 않았다. 그저 꺽꺽거리는 소리만 신음처럼 흘러나올 뿐이다.

경조는 방금 전에 진천룡에게 살려달라고 외치려 했는데 금세 생각이 변했다. 아니, 변할 수밖에 없다.

이런 처절한 고통을 당하느니 차라리 죽어버렸으면 죽겠다는 생각이다.

대저 얼마나 고통스러우면 비명은커녕 신음조차 내뱉지 못하겠는가.

경조의 두 눈에서 눈동자가 사라졌으며 찢어질 듯이 벌린 입에서 꺽꺽거리는 소리만 흘러나왔다.

또한 열 손가락의 손톱으로 바닥을 북북 긁어대느라 손톱이 뽑히고 피가 흘렀다.

아무것도 생각나지 않았고 생각할 수조차 없다. 그저 죽을 수만 있다면 무슨 짓이라도 할 것 같았다.

세상에 이런 어마어마한 고통이 존재한다는 것이 믿어지지 않았다.

그저 한시바삐 이 고통에서 벗어나고만 싶을 뿐이다. 그럴 수만 있다면 어떤 대가를 치르더라도 상관이 없다는 생각으로 머릿속이 가득 찼다.

진천룡은 팔짱을 끼고 굳은 얼굴로 묵묵히 경조를 굽어보고 있었다.

경조는 손가락 하나 까딱하지 못한 채 온몸을 부들부들 떨면서 점점 더 극한의 고통 속으로 빠져 들어갔다.

진천룡을 비롯한 측근들은 추호도 불쌍한 표정을 짓지 않고 지켜보기만 했다.

경조는 무려 일 각 동안 분근착골수법의 고문에 시달렸다가 마침내 끝났다.

"……."

그녀는 사지를 벌린 채 천장을 향해 누워 있는데 눈을 뜨고 있다.

아니, 눈을 뜨고 있기는 한데 부릅뜬 커다란 눈에 눈동자가 없이 흰자위뿐인 섬뜩한 모습이다.

극심한 고통 때문에 눈이 까뒤집혀서 눈동자가 안쪽으로 돌아가 버린 것이다.

푸드득… 푸득……

분근착골수법이 끝났는데도 경조의 팔다리와 몸뚱이 각 부위가 제멋대로 떨리거나 흔들리고 있다.

진천룡은 감창에게서 받은 무극애에 대한 첫 느낌이 매우 좋지 않기 때문에 무극애에 관련된 것이라면 조그만 정이라도 베풀고 싶은 생각이 없다.

검황천문 배후에 무극애가 있으며, 그들이 총력으로 영웅문을 공격해 오고 있는 판국에 무극애 상층부에 속하는 천상호위에게 자비를 베풀 만큼 진천룡은 멍청이가 아니다.

그보다는 한시바삐 경조를 족쳐서 중요한 정보를 알아내어 대비를 하는 것이 급선무다.

차라리 죽는 것이 나을 정도의 처절한 고통을 맛본 경조가 무극애에 대해서 술술 실토할 것이라는 사실을 진천룡은 의심하지 않았다.

진천룡은 분근착골수법을 직접 겪어보지는 않았으나 여러 사람에게 시전해 봤으므로 그들이 어떤 반응을 보였는지 잘 알고 있다.

한순간 경조의 입에서 둑이 터지듯 한숨이 토해졌다.

"푸아아!"

그 바람에 목구멍과 입안에 가득 고였던 침이 분출하듯이 위로 토해지면서 더러는 얼굴에 떨어졌다가 주르르 턱과 뺨으로 흘러내렸다.

그녀의 눈동자가 눈에 서서히 나타났고 온몸의 격렬한 떨림이 점차 수그러들었다.

"하아아……."

그녀는 눈을 뜨고 초점 없는 시선으로 천장을 물끄러미 응시하며 정신이 현실 세계로 돌아오고 있었다.

그에 따라서 몽롱하던 얼굴이 점차 공포스러운 표정으로 변해갔다.

그때 지켜보고 있던 부옥령이 손을 뻗었다가 슬쩍 잡아당기자 경조의 상체가 일으켜져서 두 다리를 쭉 뻗고 앉는 자세가되었다.

스으…….

경조는 정면 의자에 나란히 앉아 있는 진천룡과 부옥령을발견하더니 혼비백산했다.

"아앗!"

그녀는 자지러지는 비명을 터뜨리면서 세차게 몸을 부르르떨었다.

그녀의 마혈이 제압된 상태가 아니라면 이미 십 리 밖으로도망쳤을 것이다.

진천룡과 부옥령을 보는 순간 그녀의 뇌리로 분근착골수법을 당할 때보다 더한 공포가 엄습했다.

"아아……."

몸을 움직이지 못하는 그녀는 몸을 후드득 떨면서 겁에 질려 얼른 눈을 감았다.

그때 그녀의 귀에 부옥령의 눈가루처럼 차가운 목소리가 흘러들었다.

"분근착골수법을 한 번 더 해줄까?"

"으… 어어……."

경조의 몸이 후드득! 세차게 떨렸고, 그녀는 눈을 번쩍 뜨면서 신음을 흘렸다.

그녀의 얼굴은 기이하게 일그러졌는데 공포와 애원이 뒤범벅되어 있었다.

그녀는 소나기처럼 눈물을 쏟으면서 울부짖듯이 말했다.

"아아… 제발… 뭐든지 시키는 대로 할 테니까 그것만은 하지 마세요……."

"제대로 하지 않으면 즉각 분근착골수법을 전개할 테니까 잘 생각해서 대답해야 한다."

"네… 네……!"

부옥령은 할 말이 없느냐는 듯 옆에 앉은 진천룡을 보았다.

진천룡은 가볍게 고개를 끄떡였다. 그녀더러 계속 심문하라는 뜻이다.

부옥령은 위엄 있는 표정과 목소리로 최초의 질문을 했다.

"무극애는 어디에 있느냐?"

무림인이라면 모두 궁금하게 여기는 내용이다.

"그것은……."

부옥령은 두 번 묻지 않고 그대로 손을 뻗었다. 경조가 첫 번째 질문에 대답하지 않으므로 그 즉시 분근착골수법을 전개하려는 것이다.

경조는 그걸 보자마자 혼비백산해서 자지러지듯이 비명을 질렀다.

"아아악! 시… 십만대산(十萬大山)에 있습니다!"

"십만대산 어디냐?"

"마… 말씀드려서는 모릅니다… 제, 제가… 지도를 그려 드리겠습니다……."

십만대산은 광서성과 광동성에 걸쳐 동북에서 남서로 길게 뻗어 있는 길이 칠백여 리의 어마어마한 대산맥이다.

작은 산에 대해서 어느 봉우리 어떤 계곡이라고 하면 대충 찾아갈 수 있지만, 덩치가 좀 되는 산은 그렇게 해서는 절대로 찾지 못한다.

"입으로 그려라."

"……."

부옥령의 명령에 경조는 눈물범벅인 얼굴로 의아하게 그녀를 쳐다보았다.

부옥령은 목소리의 높낮이 없이 말했다.

"십만대산의 무극애가 있는 곳을 말로 설명해라."

"아……."

경조는 알아듣기는 했는데 그걸 어떻게 설명해야 하는지 잠시 머릿속으로 궁리했다.

그러면서 부옥령이 분근착골수법을 전개할까 봐 조마조마해서 그녀를 힐끔거렸다.

장장 한 시진에 걸친 심문을 통해서 부옥령은 무극애에 대해서 거의 모든 것을 알아냈다.

경조는 실내 한복판 바닥에 두 다리를 벌리고 뻗은 채 앉아서 지친 모습이다.

한 시진 동안 분근착골수법에 당한 이후에 다시 한 시진 동안 심문을 받은 경조는 몹시 지쳐서 기진맥진했으나 마혈이 제압된 상태라서 뻣뻣하게 앉아 있어야만 한다.

경조가 보니까 진천룡과 부옥령은 전음으로 대화를 나누고 있는 것 같았다.

그녀는 다리를 뻗은 자세로 퍼질러 앉아 있지만 마치 물구나무서기를 한 것처럼 힘들었다.

"……!"

그때 문득 그녀는 자신의 아랫도리를 보다가 깜짝 놀라서 눈을 커다랗게 떴다.

그녀의 사타구니와 아랫도리가 흠뻑 젖어 있었다. 다른 곳은 괜찮은데 그 부위만 온통 젖어서 사타구니 아래 바닥이 흥건했다.

'오줌을……'

그녀는 자신이 분근착골수법에 당하는 와중에 오줌을 쌌다는 사실을 깨달았다.

그 순간 견디기 어려운 수치심이 확 몰려왔다. 자신이 처절한 고통에 겨워서 오줌을 펑펑 싸는 모습을 저 앞에 앉아 있는 사람들이 다 지켜봤을 것이라는 생각이 들자 수치심 때문에 죽고만 싶었다.

그때 부옥령이 경조에게 손을 뻗자 그녀의 몸이 스르르 일으켜졌다.

"……?"

경조는 크게 놀라면서도 한편으로는 불안에 떨었다. 지금 상황에 부옥령이 그녀를 죽인다고 해도 이상한 일이 아니기 때문이다.

그러나 만신창이가 된 상태이기 때문에 죽어도 괜찮다는 생각이다.

분근착골수법만 가하지 않는다면 어떤 상황이라도 달게 받을 수 있을 것이다.

경조는 일어섰지만 두 발바닥에 힘이 들어가지 않았다. 마혈이 제압된 그녀의 의지로 서 있는 것이 아니라 부옥령의 무형지기가 그녀를 일으켜 세웠기 때문이다.

다음 순간 경조는 몸의 이십여 군데 부위가 뜨끔거리는 것을 느꼈다.

파파파파팟…….

"……!"

그러고는 난생처음 느껴보는 이상한 기운이 그녀의 온몸을 사로잡았다.

온몸 여기저기가 쿡쿡 쑤시듯이 아프고 기운이 하나도 없어서 주저앉고 싶은 느낌이다.

털썩!

"앗!"

아니, 경조는 정말로 그 자리에 무너지듯이 주저앉았는데 그 충격 때문에 엉덩이가 부서질 것만 같았다.

"으으……"

단지 주저앉았을 뿐인데 엉덩이뿐만 아니라 허리와 허벅지, 무릎이 몹시 아팠다.

이런 종류의 아픔은 태어나서 처음 맛보는 것이다. 싸우다가 상대에게 일격을 당했을 때의 아픔과는 질적으로 다르다.

순간 그녀의 뇌리를 스치는 것이 있다.

'설마……'

그녀는 즉시 운공조식을 시작했다. 서 있는 그녀가 주저앉았다는 것은 마혈이 풀렸다는 뜻이다.

"아……"

잠시 후에 경조의 입에서 흐릿한 탄식이 새어 나왔다.

운공조식이 되지 않았다. 중상을 입든 잠자리에 누웠든 어떤 상황에서도 돼야 하는 운공조식이 되지 않는 이유는 오로지 한 가지뿐이다.

'맙소사… 무공이 폐지됐어……'

경조는 머릿속이 하얘지면서 온몸의 힘이 빠지는 것을 느끼며 그대로 뒤로 쓰러졌다.

쿵!

정신적 충격을 견디지 못하고 혼절한 것이다.

*   *   *

"음……."

경조는 나직한 신음을 흘리며 혼절에서 깨어났다.

그녀는 누운 채 좌우를 두리번거리다가 자신이 침상에 누워 있다는 사실을 알았다.

그녀는 손으로 침상을 짚고 힘겹게 천천히 일어나 앉았다. 단지 일어나는 것만으로도 몹시 힘이 들었다.

그래서 그녀는 자신이 무공을 잃었다는 사실을 다시 한번 실감했다.

그녀는 천천히 침상에서 내려왔다. 하나하나의 동작을 하는데 천근만근 무거운 몸을 끄는 것만 같았다.

'아… 이제 나는 어떻게 되는 것일까……?'

어제까지만 해도 무극애의 천상호위라는 지체 높은 신분으로서 더할 수 없는 행복을 누렸었는데 지금은 한 치 앞날을 알 수 없는 참담한 신세가 돼버렸다.

경조는 사람의 신세라는 것이 한순간에 이 지경에 처할 수도 있다는 사실을 처음 알게 되었다.

그런데도 이상하게 죽고 싶다는 생각은 들지 않았다. 만약 그녀가 무공을 지니고 있었다면 이렇게 사느니 차라리 죽고 싶다고 생각했을 것이다.

그런데 무공을 잃고 나니까 마음마저도 한없이 약해져서 죽는다는 생각 자체가 들지 않았다.

그녀는 힘겹게 침상에서 내려와 주위를 두리번거리다가 저만치 어두컴컴한 벽 아래 어떤 물체가 웅크리고 있는 것을 발견하고 화들짝 놀랐다.

"앗!"

무공이 없는 경조는 불과 일 장 거리에 있는 물체가 무엇인지조차 알아보지 못했다.

"아아……."

그녀는 주춤주춤 물러나서 침상 기둥 뒤에 숨어 오들오들 몸을 떨었다.

아침이라서 실내는 그다지 어둡지 않은데 무공을 잃은 그녀에겐 해 질 녘처럼 어두컴컴했다.

일 각 이상의 시간이 흐른 후에 경조는 용기를 내서 조심스럽게 맞은편 물체에 다가갔다.

가까이 다가갈수록 그 물체에서 이상한 냄새가 점점 짙게 풍겼다.

경조는 예전에 이런 냄새를 가끔 맡은 적이 있었는데 무공을 잃고서는 처음 맡는 냄새처럼 느껴졌다.

무공을 잃고 나서 그녀는 완전히 다른 사람이 돼버렸다. 무공이 없다가 무공을 지니고 살 수는 있어도, 무공이 있다가 무공 없이는 절대로 살 수 없을 것 같았다. 그녀는 지금 산송장이나 다름이 없다.

스슥……

그녀는 처음부터 무릎걸음으로 엉금엉금 기어갔었다. 삼 장쯤 되는 거리인데 무척 멀게 느껴졌다.

이윽고 절반쯤 기어갔을 때 그녀는 검은 물체가 사람이며 옆으로 누워서 등을 보인 자세로 웅크리고 있다는 사실을 알게 되었다.

그리고 무릎으로 두 걸음쯤 더 다가갔을 때 그녀는 두 가지 사실을 동시에 깨닫고 소스라치게 놀랐다.

"아아……"

그녀는 벽을 향해 새우처럼 웅크리고 있는 그 사람의 뒷모습이 자신과 가장 가까운 사람 즉, 남편 감창과 많이 닮았다고 생각했다.

그리고 토악질이 날 것처럼 역하게 풍기는 냄새는 바로 피비린내였다.

그녀는 싸움을 한 경험이 그다지 많지는 않지만 피비린내를 모를 정도는 아니었다.

그런데도 무공을 잃었다고 해서 피비린내를 맡고도 그게 무엇인지 몰랐던 것이다.

"아아… 가가……."

웅크리고 있는 사람이 감창이라고 확신한 경조는 무서움 따위 던져 버리고 급하게 다가갔다.

턱……!

"가가……!"

경조는 감창이라고 판단한 사람을 붙잡고 잡아당겨서 똑바로 눕혔다.

철렁… 하고 그 사람의 몸뚱이가 이쪽으로 돌아눕자 피비린내가 더욱 짙어졌다.

"아아… 가가……."

가까이에서 본 그 사람은 남편 감창이 분명했다. 남편이 부옥령에게 한눈을 팔 때는 조금 미웠지만 그래도 어디까지나 목숨만큼 사랑하는 남편이었다.

감창은 눈을 꾹 감은 채 입을 약간 벌리고 있는데 입에서 검붉은 피가 흘렀다가 반쯤 말라붙은 모습이다.

그런데 어떻게 된 일인지 그의 입에서 악취가 극심하게 풍겨나왔다.

경조는 덜덜 떨리는 손으로 감창의 얼굴을 쓰다듬으며 눈물을 펑펑 흘렸다.

"여보… 가가… 이게 어떻게 된 일이에요……."

감창은 부옥령하고 싸우다가 극심한 내상을 입은 상태에서 아무도 돌보지 않고 그대로 방치된 채로 이 방에 경조와 함께 감금된 것이다.

경조는 감창을 부둥켜안은 채 한참 동안 울다가 어느 순간 번쩍 정신을 차렸다.

남편의 생사를 확인하지 않은 것이다. 너무 놀라고 슬퍼서 그래야 한다는 생각을 잊고 있었다.

'아… 어떻게 하지?'

경조는 남편의 생사를 확인하려면 어떻게 해야 하는지 생각이 나지 않았다.

그녀는 무공만 잃은 것이 아니라 정신까지 몽땅 잃어버린 것 같았다.

'심장박동을…….'

잠시 시간이 지나고 나서야 그녀는 남편의 생사를 확인하려면 심장이 뛰는지 확인해야 한다는 생각을 떠올렸다.

그녀는 서둘러 감창의 가슴에 귀를 밀착시키고 온 신경을 귀에 집중시켰다.

그런데 두근거려야 할 심장 소리가 들리지 않았다. 심장이 뛰어야 살아 있는 것인데 심장이 뛰지 않는다는 것은 남편이 죽었다는 뜻이다.

'안 돼……!'

경조는 남편의 가슴 속으로 귀를 쑤셔 넣을 것처럼 문지르면서 내심으로 악을 썼다.

'제발… 숨을 쉬어요, 가가……!'

그렇게 반각이 흘렀을 때 경조는 기적적으로 매우 미약한 심장의 박동을 감지했다.

'아…….'

그러나 그 한 번으로는 남편이 살아 있다고 확신할 수 없어서 다시 청력을 집중했다.

심장박동을 서너 번은 확인해야지만 남편이 생존했음을 알 수 있을 것이다.

다시 반각의 시간이 흐르고 나서야 경조는 남편이 살아 있음을 확신하게 되었다.

매우 미약하지만 남편의 심장이 느리면서 흐릿하게 뛰고 있는 게 분명하다.

'이제 어떻게 하지……?'

그러나 문제는 이제부터다. 무공을 잃은 그녀로서는 남편을 살릴 능력이 없다.

아니, 설혹 무공을 잃지 않았더라도 그녀는 의술에 대해서 문외한이므로 남편을 살릴 수 없기는 매한가지다.

남편의 생존을 확인한 것이 기적이라면, 이제는 그보다 백배 더 큰 기적이 일어나야 할 때다.

그녀는 고개를 들고 이끌리듯이 문을 쳐다보고는 벽을 짚고 일어나 문으로 비틀비틀 걸어갔다.

잠시 후 문에 도달한 그녀는 주먹을 쥐고 문을 두드리며 큰 소리로 소리쳤다.

탁탁탁탁……!

"살려주세요……! 남편이 죽어가고 있어요……!"

그렇지만 밖에서는 그 어떤 기척도 들리지 않았다.

경조는 문을 잡아당겨 보기도 하고 밀기도 했지만 꿈쩍도 하지 않았다.

그녀의 두 눈에 눈물이 가득 차올랐다가 뺨을 타고 주르르 흘러내렸다.

탁탁탁탁탁!

"으흐흑……! 밖에 아무도 없나요……? 남편을 살려주세요……! 제발 애원해요……!"

흐느껴 울면서 애원하며 그녀는 자신의 운명이 저 깊은 심해 수천 리 아래로 가라앉고 있음을 느꼈다.

그리고 온몸에 납덩이들이 칭칭 감겨 있어서 아무리 발버둥을 쳐도 절대 수면으로 떠오르지 못할 것이라는 사실을 조금씩 인정하기 시작했다.

*   *   *

사아아…….

미풍이 진천룡의 옷자락과 머리카락을 흩날렸다.

지금 그는 지상에서 백여 장 높이의 까마득한 상공을 어풍비행이라는 초상승의 경공술을 발휘하여 쏘아낸 화살보다 서너 배 빠른 속도로 날아가고 있다.

어풍비행을 전개하려면 초식보다는 무조건 공력이 밑바탕이 돼야만 한다.

자신의 체중을 가랑잎보다 더 가볍게 만들어서 오랫동안 허공중에 체공해야 하기 때문이다.

그래서 영웅문에서 가장 고강한 진천룡과 부옥령, 그리고 화운빙 세 사람만이 어풍비행을 전개하여 어떤 장소를 향해 날아가고 있는 중이다.

청랑과 은조, 훈용강 등 측근들은 지상에서 뒤따라오고 있는데 진천룡 등보다 절반에도 못 미치는 속도다.

진천룡 일행은 항주를 떠난 지 두 시진 만에 강소성으로 들어섰지만, 청랑 등은 강서성으로 들어서려면 앞으로 두 시진 이상 더 있어야 한다.

진천룡이 경조에게 알아낸 것은 그리 많지 않지만 매우 중요한 것들이었다.

당장 중요한 것은 무극애가 어떤 식으로 영웅문을 공격하느냐는 것이다.

현재 영웅문을 공격하는 세력은 무극애와 호천궁 둘인데 호천궁에 대해서는 아는 바가 없다.

그래도 다행인 것은 영웅문 공격의 총지휘를 맡고 있는 무극애 우두머리 천상무극령(天上無極令)의 이동 경로를 알게 되었다는 사실이다.

무극애에는 감창이나 경조의 지위인 천상호위가 삼십 명이고, 무극애 지위 중에서도 상중상에 속하는 천상무극령은 다섯 명인데 일령(一令)부터 오령(五令)까지 있다.

천상무극령 위에는 무극애의 최고위인 천주(天主)가 있으며, 호법인 좌우천태(左右天泰), 그리고 천주의 사부 무극사(無極師)와 천주의 부친 태상천주(太上天主)가 있다.

그러므로 천상무극령은 무극애 서열 육 위에서 십 위까지이므로 얼마나 대단한 인물인지 짐작할 수가 있다.

경조의 말에 의하면 무극애에서 다섯 명이 중원에 나왔으며, 그들은 천상무극령 한 명과 천상호위 네 명이라고 했다.

또한 감창과 경조는 백 명의 무극애 고수 즉, 무극고수를 이끌고 척후를 맡았다고 한다.

진천룡의 오른쪽에는 부옥령이, 왼쪽에는 화운빙이 나란히 날아가고 있다.

부옥령과 화운빙은 꼿꼿이 선 자세로 진천룡의 양팔을 꼭 끌어안고 있다.

지상에서 백여 장이라는 까마득한 높이에서 쏘아낸 화살보다 세 배나 빠른 속도로 날아간다면 세 사람이 단단하게 결속하고 있어야만 한다.

만약 이 높이 이 속도에서 결속이 흐트러진다면 즉, 손을 놓친다면 눈 깜짝할 사이에 수십 장 거리로 떨어져 나갈 것이고 그러면 다시 합쳐지기 어려울 터이다.

더구나 공력은 심후한데 어풍비행을 처음 전개해 보는 화운빙 같은 경우는 진천룡의 팔을 놓치는 순간 그 길로 허공에서 미아가 될 게 분명하다.

화운빙은 처음에 진천룡의 팔을 잡고 상공으로 계속 솟구쳐서 마침내 백여 장 높이에 이르자 극도의 공포심 때문에 말릴 새도 없이 울음을 터뜨렸었다.

그녀가 반로환동을 하기 전의 사십 대 모습이었다면 우는 모습이 가관이었을 것이다.

화운빙은 냉혈이라고 불릴 정도로 차가운 성품이라서 여간해서는 눈물을 흘리지 않는다.

그런 그녀가 그냥 눈물을 흘린 것도 아니고 울음을 터뜨릴 정도라면 지상에서 백여 장 높이의 비행이 어느 정도 공포인지 짐작할 수 있을 것이다.

그것은 단순하게 공포심하고는 조금 다른 차원의 느낌이다. 평소에는 한 번도 상상조차 해본 적이 없는 미지와의 조우(遭遇)라고 할 수 있다.

사람이 생각지도 않게 느닷없이 우주에 가거나 수천 장 깊이의 심해에 내려갔을 때 느낄 법한 그런 기분이다.

지금 화운빙은 아까보다 많이 나아졌다. 그러나 여전히 단단하게 굳은 표정을 풀지 않은 채 진천룡의 왼팔을 자신의 두 팔로 꼭 붙잡고 가슴에 안고 있다.

부옥령은 이따금씩 진천룡을 쳐다보지만 그가 깊은 생각에 잠겨 있어서 말을 붙이지 못했다.

"령아."

그때 문득 진천룡이 조용한 목소리로 말문을 열었다.

"네?"

부옥령은 진천룡이 어풍비행을 전개한 이후 처음으로 말을 한 것이 반가웠다.

"호천궁은 어디에 있는지 아느냐?"

"호천궁이요?"

"그래."

부옥령 얼굴이 쓸쓸해졌다. 진천룡이 오랜만에 입을 열었는데 그가 원하는 대답을 해줄 수 없기 때문이다.

"몰라요."

천하사대비역이라는 이름이 달리 붙었겠는가. 철저히 비밀에 감춰져 있으니까 '비역'이라고 했을 터이다.

천하사대비역의 구체적인 내용은 부옥령이라고 해도 거의 모르고 있다.

부옥령은 조심스럽게 물었다.

"호천궁은 왜 물으세요?"

"우리가 너무 어렵게 생각한 것 같아."

"뭐가요?"

진천룡은 미간을 좁혔다.

"어째서 무극애와 호천궁이 각자 따로 본문을 공격할 것이라고 지레짐작을 한 거지?"

"그것은……."

부옥령은 말하려다가 말문이 막혔다.

천하사대비역이 합작을 한다는 것은 애당초 염두에 두지 않았었다.

부옥령은 조심스럽게 물었다.

"그럼 주군 생각은 뭔가요?"

"무극애와 호천궁이 손을 잡을 수도 있잖아."

"그것은……."

부옥령의 얼굴이 흐려졌다. 그런 일은 절대로 일어나지 않는다고 확신하는 그녀지만 그걸 곧이곧대로 진천룡에게 말할 수는 없다.

그에게 그녀의 뜻을 전하려면 최대한 완곡한 표현으로 순화시켜야만 한다.

그는 걸핏하면 작은 것으로도 마음의 상처를 입는 사람이기 때문이다.

부옥령은 온화한 목소리로 말했다.

"그럴 가능성은 반 푼도 없어요."

"그래?"

부옥령은 차분한 목소리로 설명했다.

"천하사대비역은 각자 다른 시대를 살아왔으며, 또한 다른 세상을 살아가고 있어요. 그들이 합작을 한다는 것은 코흘리개도 믿지 않을 거예요."

말을 해놓고 부옥령은 아차! 했다.

"그렇다는 말이지?"

그러나 진천룡은 다행히 코흘리개 운운하는 얘기를 무심하게 듣고 넘겼다.

*   *   *

"다 왔어요."

부옥령이 아래를 굽어보면서 나직하게 말했다.

저 아래 어스름 어둠에 뒤덮인 거대한 도성 남창이 아득하게 내려다보였다.

경조가 실토한 바에 의하면 무극애를 출발한 천상무극령은 일단 남창에서 자리를 잡고 그곳에서 총지휘를 하게 될 것이라고 했었다.

무극애가 십만대산에 있으므로 지리적으로 남창에서 최종 전력을 정비하고 동쪽 삼백여 리에 위치한 항주의 영웅문을 공격하는 것이 옳다.

그러나 무극애가 검황천문의 배후라면 남창이 이미 영웅문

수중에 들어갔다는 사실을 잘 알 텐데 천상무극령이 이곳에 총지휘소를 잡는다는 것이 좀 이상하다.

뭔가 꿍꿍이가 있겠지만 진천룡으로서는 거기까지 예상하는 것은 무리다.

때는 유시(酉時), 늦가을의 어스름한 땅거미가 남창 성 전역에 깔리고 있다.

경조는 천상무극령이 남창성 외곽의 녹수원(綠水院)이라는 장원에서 묵기로 했다고 말해주었다.

진천룡은 물론이고 부옥령을 비롯한 측근들 아무도 남창의 녹수원이 어디에 있는지 몰랐다.

항주가 활동무대인 그들이 남창 성내 일개 장원에 대해서 모르는 것은 당연한 일이었다.

이 무렵에는 남창을 중심으로 주위 이백여 리 일대는 영웅문의 세력권이라고 해도 과언이 아니다.

진천룡 일행이 조양문에서 요천여황을 죽이고 금혈마황과 검황천문 태문주 동방장천을 반쯤 죽여놓은 이후 검황천문은 이곳에 얼씬도 하지 못했다.

아니, 아예 장강을 넘으려는 생각조차 하지 않았다. 그 모습은 표면적으로는 검황천문이 영웅문을 두려워하는 것으로 보이고도 남았다.

물론 검황천문이 대규모 고수들을 이끌고 남창을 토벌하려고 한다면 못 할 것도 없다.

하지만 그것은 결과 따위는 전혀 염두에 두지 않은, 오로지 복수심에 눈이 먼 어리석은 행동이라고 할 수 있다.

검황천문이 남창을 토벌했다고 치자. 그 이후에 벌어질 일은 가히 재앙이라고 말할 수 있을 터이다.

남창의 영웅문 세력을 치자면 검황천문의 정예고수 절반 이상이 필요하다.

그 정도 대규모 세력이 빠져나간 이후의 검황천문을 다른 세력이 공격한다면 그것으로 끝장이다. 검황천문은 괴멸하고 말 것이다.

다른 세력이란 영웅문일 수도 있고 천군성일 수도 있다.

진천룡은 일전에 남창을 떠나기 전에 조양문 중심의 세력을 견고하게 짜두었다.

영웅문에서 막대한 자금을 투입하여 남창 외곽의 방대한 부지를 사들여서 장차 조양문이 이사할 전각군을 새로 짓고 있는 중이다.

앞으로 영웅문 남창지부가 되기도 할 새 조양문이 얼마나 거대한가 하면, 전각군으로는 옛 조양문에 비해서 무려 열다섯 배이고 땅으로는 삼십 배라는 어마어마한 규모인데, 둘레가 십오 리라고 한다.

그 당시 진천룡이 검황천문 태문주 일당을 물리치고 난 이후에 남창을 비롯한 강서성의 수많은 문파와 방파들이 조양문에 운집했었다.

그때 총 백육십오 개 방파와 문파들이 운집했었는데 그들 중에서 오십칠 개 방파와 문파들이 영웅문과 힘을 합쳐서 검황천문과 싸우겠다고 나섰었다.

오십칠 개 방파와 문파의 수장들은 진천룡에게 충성을 맹세하고 영웅문 남창지부 휘하에 들어왔었다.

그래서 영웅문은 그들 오십칠 개 방파와 문파들의 운영을 돕기 위하여 매월 적게는 은자 십만 냥에서 많게는 삼십만 냥까지 차별적으로 지급했었다.

이후 그들 방파와 문파에서 이십 명 내지 삼십 명씩 고수를 엄선하여 매일 조양문으로 상반(上班:출근)해서 무공연마를 하도록 했으며, 그들의 녹봉은 특별히 영웅문에서 직접 챙겨주었다.

또한 영웅문 내에 새로 생긴 무공훈련원 청검원에서 무공사범 다섯 명이 조양문에 그거 파견되어 고수들에게 새로운 무공을 가르쳤다.

청검원이란 과거 남창에서 가장 크고 유명한 무도관이었던 검립관의 관주 당재원이 영웅문 내에 새롭게 설립한 무공훈련원이다.

당재원의 검술은 강서성에서 능가할 인물이 없을 정도인데 다만 공력이 그에 미치지 못하는 것이 한 가지 흠이었다.

그러나 이후 진천룡이 당재원의 임독양맥을 소통해 주고 벌모세수와 환골탈태를 시켜주어서 공력이 삼백이십 년으로 급중하게 되자 그의 검술은 일절(一絶)을 이루게 되었다.

"그거 알아요?"

아래로 서서히 하강하던 중에 부옥령이 그의 팔을 안은 두 팔에 조금 더 힘을 주면서 속삭였다.

"뭘?"

"남창지부에 몇 개 방파와 문파가 가입했었죠?"

"어… 오십칠 개던가?"

부옥령은 생글생글 미소 지었다.

이제 정신이 많이 나아진 화운빙은 진천룡 왼쪽에 바짝 매달려서 귀를 기울였다.

"그랬었죠?"

진천룡은 부옥령이 무슨 말을 하려는지 짐작하고 빙그레 미소 지었다.

"그때보다 더 늘어났어?"

"그래요. 그것도 무려 육십여 개씩이나 말이죠."

"육십여 개나?"

진천룡은 적잖이 놀라는 표정을 지었다.

부옥령은 진천룡이 너무 사랑스러워서 못 살겠다는 표정을 지었다.

"그래서 도합 백이십이 개 방파와 문파가 되었어요."

진천룡은 흐뭇한 미소를 지었다.

"좋군, 좋아."

부옥령은 그의 어깨에 뺨을 비볐다.

"백이십이 개 방파와 문파에서 엄선한 도합 삼천오백 명의 고수들이 청검지원에서 매일 비지땀을 흘리며 무공연마에 전념하고 있어요."

"청검지원이 뭐지?"

"청검원 남창지원이에요."

"어… 그래?"

진천룡은 의아한 표정을 지었다.

"삼천오백여 명이나 되는 고수들이 조양문에서 무공연마를 하고 있는 거야?"

부옥령은 배시시 웃었다.

"당신의 말씀은 틀렸지만 맞기도 해요."

"무슨 뜻이야?"

"삼천오백여 명의 고수들은 모두 새 남창지부에서 숙식을 하며 지내고 있어요."

"호오……."

"남창성 외곽에 짓고 있는 새 조양문이 칠 할 정도 진척됐는데 청검지원은 미리 입주하여 지내고 있어요."

"음… 잘하고 있군그래."

지금 부옥령이 말하는 것들은 그녀가 일일이 계획하고 지시했었다.

진천룡 등은 남창 성내 적강(積江) 강변 울창한 수림 안에 위치해 있는 천추각을 향해 야조처럼 하강했다.

사실 이곳은 남창에서 가장 규모가 큰 주루 겸 기루인 천향루인데, 그곳의 절반이 강서제일부호인 천추각이라는 사실을 알고 있는 사람은 극히 드물다.

진천룡과 부옥령, 화운빙은 천추각 입구 안쪽에 기척 없이 내려섰다.

표면적으로 천추각은 마치 천향루의 내실이나 별관 같은 광경인데 진천룡 등은 천추각 문 안쪽에 내려선 것이다.

"어……?"

그런데 전방을 보던 진천룡이 어리둥절한 표정을 지으며 낮은 소리를 냈다.

진천룡과 같은 곳을 보던 부옥령이 얼굴을 찌푸렸다.

"이것들이……."

천추각은 보이지 않고 난데없이 드넓은 사막이 눈앞에 펼쳐져 있는 것이 아닌가.

지난번에도 천추각에 진법이 펼쳐져 있었는데 이번에는 또 다른 진법이다.

부옥령은 앞으로 썩 나서며 쩌렁쩌렁하게 외쳤다.

"당하선! 네 이년, 당장 못 나오겠느냐?"

공력이 실린 그녀의 웅혼한 외침이 주위를 떨어 울렸으나 시간이 지나도 아무런 반응이 없다.

화운빙은 긴장한 얼굴로 여전히 진천룡의 팔을 두 팔로 잡아 가슴에 안은 채 주위를 두리번거렸다.

그녀는 진천룡을 따라서 무작정 남창에 왔지만 이곳에 영웅문의 어떤 기반이 마련되어 있는지 전혀 모르고 있었다.

"잠깐 기다리세요."

스읏……

부옥령의 그 말은 밤하늘에서 들려왔다. 그녀가 수직으로 높이 솟구친 것이다.

화운빙은 진천룡의 팔을 좀 더 바싹 가슴으로 끌어안으면서 궁금한 듯 물었다.

"주인님, 여긴 어디예요?"

"어… 천추각이야."

화운빙은 눈을 깜빡거리면서 잠시 생각하다가 화들짝 놀라 낮게 외쳤다.

"앗! 강서제일부호인 그 천추각 말인가요?"

"그래."

진천룡이 고개를 끄떡이면서 대답하는데 부옥령이 소리 없이 하강하며 낮은 소리로 화운빙을 꾸짖었다.

"너, 왜 소리를 지르는 것이냐? 여기가 안전한 곳이라고 생각하는 것이냐?"

화운빙은 찔끔했다가 잠시 후에 생각해 보니까 괜히 억울한 생각이 들었다.

그래서 막 진천룡에게 무슨 말을 하려는 부옥령에게 나직하지만 또렷하게 쏘아붙였다.

"좌호법께선 조금 전에 저보다 백배나 더 크게 고함을 질렀잖아요?"

"너……"

과연 부옥령은 조금 전에 쩌렁쩌렁하게 고함을 질렀던 터라서 대꾸를 하지 못하고 화운빙을 쏘아보기만 했다.

화운빙은 내친김에 목소리를 조금 더 차갑게 해서 눈을 살짝 치뜨며 말했다.

"그리고 내가 못 할 말을 했어요? 여기가 어디냐고 주인님께 물었는데 그게 잘못이에요?"

부옥령이 한없이 자비롭게 대하는 사람은 진천룡뿐이다. 그외 다른 사람들은 그저 쭉정이일 뿐이다.

"죽고 싶으냐?"

"흥! 어디 죽여보시죠?"

공력이 반로환동을 넘어서 출신입화 즉, 화경(化境)의 경지에 들어서고 있는 두 여인은 한 치도 물러서지 않고 언쟁을 벌이고 있다.

진천룡은 엷은 미소를 지으며 만류했다.

"싸우지 마라."

"주군께선 가만히 계세요."

"주인님, 천첩이 지금 참게 생겼어요?"

두 여자는 들은 척도 하지 않고 당장에라도 머리카락을 쥐어뜯을 것처럼 기세등등했다.

"한번 붙어볼까? 응?"

"그래 볼까요? 이 싸움에서 승자가 다 갖는 걸로 하는 게 어떻겠어요?"

부옥령의 두 눈에 가소로움이 가득 차올랐다.

"뭘 갖겠다는 것이냐?"

"당신이 가진 것 모두."

"그게 뭔데?"

화운빙은 진천룡의 팔을 놓고 부옥령에게 손가락을 하나씩 꼽아보였다.

"첫째, 주인님, 둘째, 주군, 셋째, 진천룡, 넷째, 내 사랑, 다섯째……."

그러니까 화운빙은 부옥령더러 진천룡을 자신에게 양보하라는 뜻이다.

부옥령은 기가 막히다는 표정을 지었다.

"네년이 주군을 사랑한다는 것이냐?"

"왜요? 당신이 주인님을 사랑하는데 나라고 하지 말라는 법이라도 있나요?"

부옥령은 마침내 분노가 정수리 꼭대기에 이르러 더 이상 참을 수 없게 되었다.

"네년이 정녕 미쳤구나."

두 여자의 공력이 비슷하지만 일대일로 싸우면 부옥령이 백

전백승하는 것은 두말할 필요가 없다.

부옥령이 화운빙보다 싸움 경험이 열 배는 더 많을 것이고, 또한 무공도 더 많이 알고 있을 것이다. 그것만으로도 이미 승부는 났다.

그러나 화운빙은 진천룡의 하늘 같은 은혜로 공력이 갑자기 급증하여 화경의 초입에 이르게 되었으므로 눈에 보이는 것이 없는 상태다.

설혹 염라대왕하고 맞붙는다고 해도 이길 수 있다는 자신감이 넘쳐서 터지려고 하는 지경이다.

두 여자는 싸우기 위해서 서로를 죽일 듯이 노려보며 천천히 뒤로 물러섰다.

일대일로 싸우기 위한 가장 적절한 거리는 삼 장이라서 그 정도 거리를 두려는 것이다.

그러다가 두 여자는 거의 동시에 진천룡이 보이지 않는다는 사실을 깨달았다.

"아……."

"주군……."

그녀들이 아웅다웅 싸우고 있는 사이에 진천룡이 사라져 버린 것이다.

그때부터 두 여자는 진천룡을 찾기 위해서 눈에 불을 켜고 돌아다녀야만 했다.

부옥령은 밤하늘로 쏘아 오르며 한쪽 방향을 가리켰다.

"너는 저쪽을 찾아라. 이곳 주변을 샅샅이 뒤져라. 어떤 흔적도 놓치면 안 된다."

사라진 진천룡 때문에 걱정이 가득한 화운빙은 부옥령의 말에 순순히 고개를 끄떡였다.

"알았어요. 꼭 주인님을 찾아야 해요."

第百八十章

남창의 밤

결국 두 여자는 반시진이 지나서도 진천룡을 찾지 못하고 처음 그를 잃어버린 장소로 다시 돌아왔다.

　처음에는 진천룡이 자신들을 골리기 위해서 스스로 사라졌을 것이라고 생각했는데, 반시진이 지나도록 그를 찾지 못하자 더럭 걱정이 되었다.

　부옥령이 복잡한 표정으로 화운빙에게 물었다.

　"아까 무슨 기척을 감지하지 못했느냐?"

　화운빙 역시 몹시 걱정을 하고 있어서 착잡한 얼굴로 고개를 가로저었다.

　"전혀……."

두 여자가 봤을 때 진천룡은 천추각이나 천향루에는 없는 것이 분명했다.

그녀들이 청력을 돋우면 수십 리 밖에서 가랑잎이 떨어지는 소리도 감지할 수 있는데 이 근처에서는 진천룡의 그 어느 것도 감지하지 못했다.

그긍…….

그때 갑자기 천향루로 통하는 문이 열리자 부옥령과 화운빙은 깜짝 놀라서 문 옆으로 몸을 숨겼다.

문이 열리더니 천추각 안으로 한 여인이 초조한 표정으로 다급하게 들어섰다.

숨어 있던 부옥령은 그녀를 보고 즉시 밖으로 나섰다.

"앗!"

여인은 화들짝 놀라서 즉시 공격하는 자세를 취했다가 상대가 부옥령이라는 것을 알아보고는 놀라며 반가운 표정을 지었다.

"좌호법님 아니세요?"

여인은 다름 아닌 천향루의 독가(獨家:지배인) 양이랑이었다.

부옥령은 이제 한창 바쁘기 시작할 시간에 양이랑이 천추각에 들어온 것을 예사로 보지 않았다.

"어딜 가는 것이냐?"

양이랑은 공손히 대답했다.

"소저를 모시러 갑니다."

"소저라면, 당하선을 말하느냐?"

"그렇습니다."

"어째서 그녀를 데리러 가는 것이냐?"

양이랑은 천향루 쪽을 쳐다보면서 대답했다.

"갑자기 주군께서 오셨기에 소저를 모시러 가는 겁니다."

부옥령은 그럴 줄 알았다는 표정을 지었고, 화운빙은 크게 놀랐다.

"주군께서 어디에 계시느냐?"

"삼 층 특실에 계세요."

"알았다."

부옥령은 고개를 끄떡이고 천향루 쪽으로 번쩍 신형을 날리는데 양이랑이 급히 불렀다.

"좌호법님, 그러시면 안 됩니다."

허공으로 떠올랐던 부옥령은 즉시 지면에 내려섰다.

"알았다."

남창 제일주루겸 기루인 천향루에는 하루에도 손님이 수천 명씩 드나드는데 무림고수가 허공을 휙휙 날아다니면 손님들이 놀라고 겁을 먹을 것이다.

양이랑의 지적을 즉시 알아차린 부옥령이 땅에 내려서 종종 걸음으로 뛰듯이 걸어가자 화운빙도 급히 뒤따랐다.

*　　　　*　　　　*

척!

부옥령과 화운빙은 앞서거니 뒤서거니하며 천향루 삼 층에서도 가장 규모가 크고 화려한 특실에 들어섰다.

커다랗고 둥근 탁자 맞은편 입구 쪽에서 진천룡 혼자 덩그렇게 앉아서 술잔을 들고 있는 모습을 발견한 부옥령과 화운빙은 그 자리에 얼어붙어 눈물이 핑 돌았다.

"주군⋯⋯!"

"주인님⋯⋯!"

두 여자는 설마 진천룡이 천향루에 들어갔을 것이라는 생각은 못 하고 그에게 무슨 일이 생겼을지 모른다고 걱정이 늘어졌다가 그를 보자 만감이 교차했다.

진천룡은 술을 입속에 털어넣고는 두 여자를 보면서 빙그레 미소 지었다.

"다 싸웠느냐?"

두 여자는 찔끔했다. 그녀들은 자신들이 큰 잘못을 했다는 사실을 깨달았다.

하늘 같은 주군과 주인님 면전에서 발톱과 이빨을 드러낸 채 사납게 으르렁거리면서 싸웠으니 이런 불경이 어디에 있다는 말인가.

부옥령은 즉시 허리를 굽혔다.

"죄송해요."

그런데 옆에 서 있던 화운빙은 엎어지듯이 무릎을 꿇고 이

마를 바닥에 대는 것이 아닌가.

"죽을죄를 지었어요. 용서해 주세요, 주인님."

허리를 굽히고 있는 부옥령은 옆눈으로 화운빙을 힐끗 보고는 적잖이 당황했다.

화운빙이 같이 허리를 굽혔으면 괜찮은데 부복을 했으므로 용서를 비는 형태가 부옥령하고는 사뭇 다르다.

부옥령이 어떻게 할까 고민하고 있을 때 진천룡의 담담한 목소리가 들렸다.

"일어나서 이리 와라."

"……!"

부옥령은 흠칫했다. '일어나서'라는 것은 부복한 사람 즉, 화운빙을 가리키는 것이다.

그러므로 진천룡은 화운빙만 용서했다는 뜻이므로 부옥령은 가만히 있어야 한다.

화운빙이 일어나서 고개를 숙이고 두 손을 앞에 모은 채 공손히 걸어가 진천룡 뒤에 섰다.

허리를 굽히고 있는 부옥령은 어떻게 해야 할지 몰라서 전전긍긍했다.

그때 고개를 숙이고 있는 그녀의 정수리에 진천룡의 조용한 목소리가 부딪쳤다.

"령아, 너는 왜 그러고 있느냐?"

"…네?"

그녀가 어정쩡한 자세로 고개를 들고 쳐다보자 진천룡이 의아한 표정으로 물었다.

"너는 내게 오기가 싫은 것이냐?"

"아… 아니에요!"

"그럼 어째서 거기에 서 있는 것이냐?"

부옥령은 조금 전에 진천룡이 '일어나서 이리 와라'라고 한 말이 두 사람 모두에게 한 말이라는 걸 그제야 깨달았다.

부옥령은 자신이 세상에서 진천룡과 가장 가까운 존재라고 생각했었는데 갑자기 그가 매우 멀게 느껴져서 슬픔이 확 밀려들었다.

그때 문이 열리고 숙수와 하녀들이 맛있는 요리들을 갖고 와서 탁자에 차렸다.

아까는 진천룡이 불쑥 들이닥쳐 술을 달라고 하자 급한 대로 술과 요리를 내놨던 것이다.

그런데 활짝 열려 있는 문 밖에서 여자의 목소리가 크게 들려왔다.

"가가께서 오셨다는 말인가요?"

그러더니 천추태후 당하선이 엎어질 것처럼 우당탕거리면서 달려 들어왔다.

"으아앙! 가가!"

당하선은 진천룡을 발견하자마자 어린아이처럼 울음을 터뜨리며 한 마리 나비처럼 팔랑거리며 날아왔다.

옆에 부옥령과 화운빙이 있지만 당하선 눈에는 오로지 진천룡만 보였다.

와락!

"으아아앙! 가가! 왜 이제 오셨어요!"

당하선은 일어나 두 팔을 벌린 진천룡 품에 안겨서 몸부림을 치고 발을 동동 구르면서 울었다.

일전에 당하선은 진천룡을 따라서 항주에 갔다가 영웅문 총무전 전주 총무장 유려에게 천추각을 인수인계하는 과정을 마치고 나서 남창으로 돌아갔었다.

그 당시에 진천룡은 측근들과 함께 복건성으로 떠나고 없었기 때문에 당하선은 영웅문에서 며칠 동안 그를 기다리다가 쓸쓸히 돌아갔던 것이다.

당하선과 진천룡의 관계는 어느 누구도 흉내 내지 못할 만큼 각별한 것이다.

진천룡이 당하선을 처음 만났을 때 그녀는 측근인 천추각 좌호법 군중호에 의해서 고독에 당한 상태였었다.

그것은 치정혼인고(癡情婚姻蠱)라는 악독한 고독인데 색령고(色靈蠱)라고도 부른다.

어째서 색령고라고 하는가 하면, 시술자가 주문을 외우면 미친 듯이 발정(發情)해서 시술자가 지정하는 남자와 정사를 해야만 하기 때문이다.

당하선에게 고독을 시전한 좌호법 군중호는 치정혼인고를

제거하는 방법은 오로지 그녀와 정사를 하는 것뿐이라고 말했었다.

그런데 진천룡이 자신만의 방법으로 당하선과 우호법 우순현의 몸에서 치정혼인고를 뽑아냈던 것이다.

진천룡은 그녀들을 추궁과혈수법으로 온몸을 주무르고 타격을 가해서 끝내 옥문을 통해서 치정혼인고를 배출시켰었다.

그러므로 진천룡과 당하선, 그리고 우호법 우순현은 특별한 관계일 수밖에 없는 것이다.

천추각 사람들은 진천룡이 당하선, 우순현과 정사를 해서 치정혼인고를 배출했다고 믿지만 진천룡은 그 사실을 전혀 모르고 있었다.

당하선과 우순현으로서는 진천룡과 정사를 한 것 이상의 감정을 품고 있었다.

그녀들은 진천룡을 지아비로 받아들이고 있으므로 부옥령하고는 사뭇 다른, 그러면서 더욱 격이 높은 관계라고 할 수 있는 것이다.

"그만 울어라."

진천룡은 당하선의 등을 쓰다듬으며 달랬다.

당하선은 작게 몸부림치면서 응석을 부렸다.

"흐응… 가가께선 소녀가 보고 싶지 않으셨어요?"

진천룡은 호색한이 아니지만 그래도 사내라서 아름다운 여자가 품에 안겨서 나긋나긋하게 굴면 사족을 못 쓰는 편이다.

"하하하! 보고 싶었지!"

부옥령과 화운빙은 그 광경을 보면서 입술을 삐죽거렸다. 사실 부옥령이라고 해도 이렇게 많은 사람들이 있는 곳에서 대놓고 진천룡에게 안겨본 적이 없었다.

그뿐 아니라 지금 당하선이 하는 것처럼 앙탈을 부려본 적은 더욱 없었다.

반로환동으로 십칠 세 어린 나이로 회춘한 화운빙 역시 마음속으로 진천룡을 죽도록 사모하고 있지만 그녀로선 당하선이 아니라 부옥령조차도 부러운 존재였다.

그러니 부옥령과 화운빙이 봤을 때 당하선의 행동이 어떻겠는가.

당하선은 두 팔로 진천룡의 허리를 꼭 안아 두 손으로 깍지를 낀 채 놓아주지 않았다.

"늦게 오신 벌이에요. 오늘 밤새도록 이러고 있을 거예요. 각오하세요."

"하하하! 선아! 그러면 오줌 누러 갈 때는 어떡하느냐?"

"같이 가죠, 뭐?"

"하하하! 뭐야?"

진천룡은 뭐가 좋은지 당하선을 안고 고개를 젖힌 채 껄껄 웃었다.

부옥령은 잔뜩 부은 얼굴로 그의 옆얼굴을 쏘아보았다.

'흥! 순 바람둥이야!'

진천룡은 당하선을 떼어낼 생각은 하지 않고 그녀를 안은 채 의자에 앉아버렸다.

그러자 당하선은 그와 마주 보는 자세가 되었다. 그런데도 그녀는 그의 가슴에 뺨을 묻은 채 눈을 꼭 감고 행복한 표정만 지을 뿐 떨어질 생각을 하지 않았다.

부옥령은 안 되겠다 싶어서 당하선을 꾸짖었다.

"당하선, 너는……."

그러나 진천룡이 손을 저으며 그러지 말라고 하는 바람에 그만둬야만 했다.

부옥령은 당하선보다 진천룡이 더 미웠다. 때리는 시어머니보다 말리는 시누이가 밉다더니 딱 그런 격이다.

요리를 탁자에 차리고 있던 숙수와 하녀들은 크게 놀란 표정으로 동작을 멈춘 채 한쪽에 우두커니 서서 그 광경을 바라보고 있다.

그녀들은 당하선이 누군지 모르지만 독가 양이랑과 뒤늦게 달려온 천향루주가 두 손을 앞에 모은 채 공손한 자세를 취하고 있는 모습을 보고는 진천룡과 당하선이 엄청난 존재일 것이라고만 막연하게 짐작했다.

진천룡은 왼손으로 당하선의 둔부를 받쳐서 자신 쪽으로 더 바짝 끌어당기고는 오른손의 술잔을 들었다.

그는 술을 마시려다가 문 안쪽 한편에 다소곳이 서서 이쪽을 바라보고 있는 우순현을 발견했다.

"현아."

우순현은 깜짝 놀랐다가 곧 공손히 허리를 깊숙이 굽혀서 인사했다.

우순현도 진천룡이 치정혼인고를 빼주었지만 당하선처럼 버릇없이 굴지는 못했다.

그녀는 여전히 천추각 우호법이라는 신분이라서 함부로 행동할 수 없다.

그녀는 진천룡이 임독양맥을 소통해 주고 벌모세수와 환골탈태를 해주어서 공력이 삼백오십 년에 이른다.

원래 그녀는 천추각 호위고수들과 함께 영웅문 영웅통위대에 들어갔으나 당하선과 함께 남창으로 돌아왔었다. 우호법이 천추각주를 떠날 수 없기 때문이다.

진천룡은 사십삼 세의 우순현을 손으로 불렀다.

"현아, 이리 와라."

우순현은 깜짝 놀랐다가 조심스럽게 다가와서 옆에 시립했다.

진천룡은 당하선을 떼어 번쩍 안아 옆자리에 앉히고 나서 말했다.

"모두 앉아서 술 마시자."

진천룡 왼쪽에는 당하선, 오른쪽에 부옥령, 그리고 부옥령 옆에는 화운빙이, 당하선 옆에는 우순현이 앉았다.

진천룡은 한쪽에 나란히 서 있는 천향루주와 양이랑을 불렀다.

"너희도 와서 앉아라."

천향루주는 펄쩍 뛰었다.

"어… 어찌 소인들이 감히……."

그러자 양이랑이 천향루주의 옷을 잡아끌어 탁자로 조심스럽게 다가와서 앉았다.

*　　　　*　　　　*

양이랑은 진천룡이 사람을 앞에 세워둔 채 술 마시는 것을 싫어한다는 사실을 잘 알기 때문에 두말하지 않고 천향루주를 이끌고 자리에 앉힌 것이다.

진천룡은 천향루주에게 물었다.

"자넨 누군가?"

양이랑과 천향루주가 동시에 벌떡 일어섰다.

"네!"

"넵! 안녕하십니까?"

양이랑이 팔꿈치로 천향루주의 옆구리를 쿡 찔렀다.

천향루주는 양이랑을 보며 어리둥절한 표정을 지었다.

"왜……?"

천향루주는 유명하기 짝이 없는 영웅문주 앞이라서 너무 당황해 머릿속이 하얘졌다.

삼십 대 중반의 천향루주는 무공을 모른다.

역시 무공을 모르는 양이랑은 작은 목소리로 속삭였다.

"주군께 인사 올리세요……"

"아……"

천향루주는 그제야 깨닫고 즉시 그 자리에 부복하며 떨리는 목소리로 크게 외쳤다.

"소인 사여진(査呂秦)이 주군을 뵈옵니다."

진천룡은 고개를 끄떡였다.

"이리 와서 앉아라."

진천룡의 말이 떨어지면 즉시 실행해야 한다는 사실을 아는 양이랑이 천향루주 사여진의 소매를 잡고 이끌어서 나란히 자리에 앉았다.

술이 몇 순배 돌고 나서 부옥령이 당하선에게 조용한 음성으로 물었다.

"당하선, 녹수원을 아느냐?"

"몰라요."

당하선은 술을 마신 진천룡 입에 안주를 넣어주면서 건성으로 대답했다.

당하선의 성의 없는 건방진 대답에도 부옥령의 얼굴색은 변하지 않았다.

하지만 화운빙과 우순현, 양이랑은 가볍게 놀라며 염려하는 표정을 지었다.

부옥령은 영웅문의 이인자라는 굉장한 신분이다. 일인자인 진천룡은 자비롭고 이해심이 많은 편이지만 부옥령은 그렇지 않다는 사실을 영웅문 사람이라면 다 알고 있었다.

그런데도 당하선이 부옥령의 물음을 귓등으로 흘려 버리는 이유는 오로지 진천룡을 믿기 때문이었다.

그런 데다 죽도록 사랑하는 진천룡을 만났기에 그 외에는 아무것도 눈에 들어오지 않아서기도 했다.

모두들 염려하는 표정인데도 당하선은 진천룡에게 찰싹 붙어서 그에게 눈웃음을 치고 시중을 드느라 정신이 없다.

부옥령이 차분한 목소리로 당하선에게 다시 물었다.

"당하선, 중요한 일이니까 잘 대답해라. 녹수원이라는 곳을 알고 있느냐?"

그런데 당하선은 이번에도 부옥령을 쳐다보지 않고 조금 짜증스러운 목소리로 대답했다.

"모른다니까요?"

여자들은 재빨리 부옥령을 쳐다보았다.

부옥령의 미간은 살짝 찌푸려져 있었다. 이번에는 무사히 넘어가지 않을 것 같았다.

그 순간 부옥령이 먼지라도 털어내듯이 가볍게 슬쩍 손목을 뒤집었다.

퍽!

"악!"

진천룡을 보면서 눈웃음을 치며 애교를 부리던 당하선은 가슴에 짧은 일격이 적중되어 비명을 지르며 뒤로 쏜살같이 날아갔다.

그러나 진천룡은 눈 하나 까딱하지 않았고, 여자들은 화들짝 놀라 우르르 일어났다.

픽! 쿵!

"윽……!"

당하선은 실내를 가로질러 날아가서 벽에 부딪쳤다가 바닥에 둔탁하게 떨어졌다.

그녀는 쓰러졌다가 두 손으로 바닥을 짚고 상체를 일으키려고 무진 애를 썼다.

"아아……."

진천룡은 그녀를 쳐다보지도 않은 채 천천히 빈 잔에 술을 부었고, 다른 사람들은 착잡하고 씁쓸한 표정을 지으며 쳐다보았다.

"우욱……!"

당하선은 핏덩이를 왈칵 토했다.

천추각이 직영하는 천향루에서 최고 우두머리인 천추태후 당하선이 쓰러져 피를 토하고 있는데 아무도 그녀를 부축하지 않았다. 아니, 못 했다.

당하선은 간신히 두 손으로 바닥을 짚은 상태에서 입에서는 피를 흘리며 이쪽을 쳐다보았다.

그녀는 진천룡이 자신을 쳐다보지 않고 술만 마시고 있는 것을 발견하고 묘한 표정을 지었다. 섭섭함과 원망이 담긴 애절한 표정이다.

그때 그녀는 자신을 도울 사람은 아무도 없다는 사실을 깨달았다.

부옥령이 조용히 말했다.

"데리고 와라."

그러자 우순현이 재빨리 쏘아가서 당하선을 두 팔로 안고 돌아왔다.

부옥령이 고개를 끄떡였다.

우순현이 부축해서 당하선을 책상다리 자세로 앉히려고 하자 부옥령이 차갑게 꾸짖었다.

"무릎 꿇어라."

당하선의 얼굴이 착잡함으로 물들었다. 그녀는 내상을 입은 탓에 혼자 힘으로 무릎을 꿇지 못하고 쩔쩔맸다.

우순현은 평소에 자신이 하늘처럼 모시던 천추각주를 도와서 무릎을 꿇도록 만들었다.

부옥령은 두 손으로 바닥을 짚은 채 매우 고통스러운 표정을 짓고 있는 당하선을 굽어보며 위엄 있게 말했다.

"내가 누구냐?"

당하선은 힘겹게 그러나 공손하려고 애쓰면서 대답했다.

"좌호법님이에요……."

"그럼 내 물음에 네가 어찌해야 하느냐?"

"최선을 다해서 대답해야 합니다……."

"하던 일을 하면서 말이냐?"

진천룡에게 아양을 떨던 일을 말하는 것이다.

당하선은 무의식적으로 진천룡을 쳐다보았다. 그는 다른 곳을 보면서 술을 마시고 있었다.

부옥령의 싸늘한 목소리가 당하선의 뇌에 쑤셔 박혔다.

"한 번만 더 주군을 쳐다보면 눈알을 뽑아버리겠다."

"아앗!"

당하선은 너무 놀라고 무서워서 급히 눈을 감았다.

"내가 언제까지 네 대답을 기다려야 하느냐?"

부옥령의 차가운 목소리에 당하선은 급히 눈을 뜨고 조금 전 그녀의 질문을 기억해 냈다.

"잘못했어요. 앞으로는 절대 그러지 않겠어요."

부옥령은 잠시 기다렸다가 최초의 질문을 다시 했다.

"녹수원을 아느냐?"

"모… 릅니다."

"녹수원은 남창에 있다. 그럼 네가 어떻게 해야 하느냐?"

"즉시 알아보도록 하겠어요."

"그래야 할 것이다."

당하선은 고개를 돌릴 기력도 없어서 눈으로만 양이랑과 사여진을 보려고 하면서 명령했다.

"지금 즉시 녹수원에 대해서 알아내라."

"네!"

양이랑과 사여진은 동시에 대답하고 밖으로 달려 나갔다.

부옥령은 진천룡에게 전음으로 말했다.

[당하선을 치료해 주세요.]

진천룡은 술잔을 입에 대고 전음을 했다.

[네가 내상을 입혀놓고 나더러 치료하라는 것이냐?]

부옥령은 지금 같은 엄숙한 분위기에 진천룡에게 교태를 부릴 수가 없어서 탁자 아래에서 그의 허벅지를 부드럽게 쓰다듬으며 전음을 했다.

[천첩의 편을 들어주셔서 고마워요.]

진천룡은 담담하게 전음했다.

[당연한 것 아니냐?]

부옥령은 진천룡의 말에 엄한 표정을 유지하기가 어려워졌다. 그녀는 눈으로 살짝 행복한 미소를 지었다.

[주인님, 사랑해요.]

＊ ＊ ＊

진천룡은 당하선을 번쩍 안고 옆방으로 가서 침상에 눕혔다.

당하선은 똑바로 누워서 말없이 눈물만 흘렸다.

숙맥인 진천룡은 당하선이 왜 우는지 알지 못하고 바보처럼 물었다.

"왜 우느냐?"

당하선은 대답하지 않고 그냥 울기만 했다.

진천룡은 원래 꼬치꼬치 캐묻는 성격이 아니라서 그녀의 손목을 잡고 맥을 짚어보았다.

"하지 마세요."

그런데 당하선이 흐득흐득 울면서 말했다.

"뭘 말이냐?"

"치료하지 마세요……."

진천룡이 살펴보니까 당하선은 심장과 폐가 손상을 입어서 그냥 놔두면 최소한 반년 이상 자리보전하고 누워 있어야 했고 심할 경우 폐인이 될 수도 있었다.

부옥령이 약하게 징계만 내린다고 했는데도 이 정도다. 그녀는 진천룡이 치료해 줄 것이라 믿고 당하선에게 일격을 가한 것이다.

잔천룡은 의아한 표정을 지으며 그녀의 손목을 놓았다.

"치료하지 않으면 폐인이 될 수도 있다."

"그냥 폐인이 될래요."

"뭐라고?"

"차라리 죽었으면 좋겠어요……."

그렇게 말하더니 당하선은 비 오듯이 눈물을 흘렸다.

진천룡은 의아한 표정으로 물었다.

"그게 무슨 말이냐? 왜 죽는다는 것이냐?"

"가가께 버림받을 바에는 차라리 죽는 게 나아요."

진천룡은 더욱 의아한 표정을 지었다.

"내가 널 버렸다는 것이냐?"

"네……."

진천룡은 고개를 절레절레 저었다.

"나는 너를 버린 적이 없다."

"버렸어요……."

문득 진천룡은 아까 부옥령이 당하선을 혼낼 때 모른 체한 것 때문에 그러는 것이라는 생각이 들었다.

"선아."

"……."

그가 부드러운 목소리로 부르는데도 당하선은 대답하지 않고 울기만 했다.

진천룡은 그녀의 머리를 쓰다듬었다.

"어떤 조직이라도 위계질서라는 것이 있단다."

당하선은 펑펑 울면서 눈물 너머로 진천룡을 보며 원망하듯이 물었다.

"그럼 좌호법님은 서열상 몇 위인가요?"

"일 위지."

당하선은 눈을 커다랗게 떴다.

"일 위는 가가잖아요. 그런데 어떻게 좌호법님이 일 위가 될 수 있는 거죠?"

진천룡은 빙그레 미소 지었다.

"나는 그녀를 전적으로 신뢰하고 있다. 령아가 아니었으면 지금의 영웅문도 없었어. 그래서 나는 언제나 마음속으로 령아가 영웅문의 서열 일 위라고 생각하는 것이다."

당하선이 크고 아름다운 눈을 깜빡거리자 눈물이 후드득 떨어졌다.

"그 말씀은 인정할 수 있어요. 그렇다면 가가께선 좌호법님을 여자로 보시나요?"

진천룡은 문득 심문을 당하는 기분이 들었지만 이런 기회에 부옥령에 대한 자신의 마음을 정리할 필요를 느꼈다.

당하선은 그가 무슨 대답을 할지 궁금하여 눈도 깜빡이지 않고 말끄러미 바라보았다.

진천룡은 잠시 시간을 두었다가 고개를 끄덕였다.

"그래. 나는 령아를 여자로 생각하고 있다."

당하선은 그럴 줄 알았다는 듯 조심스럽게 물었다.

"좌호법님을 사랑하시나요?"

진천룡은 고개를 끄떡였다.

"그래. 령아를 사랑하고 있다."

당하선의 얼굴에 실망하는 표정이 역력하게 나타났다.

"얼마나 사랑하시죠?"

"많이 사랑하지."

당하선은 입술을 삐죽거리다가 물었다.

"가가 주위에는 여자들이 많잖아요."

"그렇지."

"그녀들 중에서 좌호법님을 몇 번째로 사랑하시나요?"

"첫째지."

진천룡은 생각할 것도 없다는 듯 대답했다. 만약 세상의 여자들 중에서 누굴 가장 사랑하느냐고 물었으면 설옥군이라고 대답했겠지만, '그의 측근에 있는 여자들 중에서'라고 물었으므로 단연코 부옥령이다.

당하선의 물음은 끝나지 않았다.

"소녀는 몇 번째인가요?"

진천룡은 당하선을 여자로 여기지 않는다. 그러나 사실대로 대답했다가는 그녀가 토라져서 치료를 받지 않겠다고 할 것 같아서 선의의 거짓말을 했다.

"두 번째지."

당하선은 눈을 크게 뜨며 기쁜 표정을 지었다.

"정말요?"

"그럼."

"아아……."

부옥령 다음에 자신이 두 번째라면 진천룡을 원망하지 않아도 될 것 같았다.

진천룡은 본론으로 들어갔다.

"이제 치료받겠느냐?"

"안아주세요."

그런데 당하선이 갑자기 힘겹게 두 팔을 내밀었다.

진천룡은 허리를 굽혀 그녀를 포근하게 안아주었다.

당하선은 그에게 안겨서 행복한 얼굴로 속삭였다.

"사랑해요."

第百八十一章

녹수원

술잔을 기울이고 있던 부옥령의 입가에 배시시 부드러운 미소가 머금어졌다.

진천룡이 당하선에게 하는 말을 들었기 때문이다. 즉, 진천룡이 부옥령을 첫 번째로 사랑한다는 말이다.

그것은 절대 거짓말이 아닐 것이다. 진천룡이 당하선에게 거짓말을 할 이유가 없다.

또한 부옥령은 진천룡이 자신을 사랑하고 있다는 사실을 알고 있었지만 그 정도일 줄은 몰랐었다.

그래서 천하를 다 가진 것과도 비교할 수 없을 정도로 기뻤다.

한때 부옥령은 천군성 좌호법의 신분으로 설옥군을 보좌하여 천하를 도모하려는 웅지를 품었다.

그러나 이제 그런 것은 하나도 생각이 나지 않았다. 그녀의 머리와 마음속에는 오로지 한 가지, 진천룡에 대한 사랑만 가득할 뿐이다.

자신이 어쩌다가 이렇게 됐는지에 대한 생각은 한 번도 해본 적이 없다.

오히려 진천룡을 만나지 못했으면 어찌 될 뻔했는지 아찔하고, 그를 만나게 해준 하늘과 운명에 거듭 감사한 마음뿐이다.

그러나 진천룡이 당하선을 두 번째로 사랑한다고 한 말은 분명히 거짓말이다.

진천룡의 성격상 그녀를 치료하기 위해서는 어쩔 수 없었을 테니까 말이다.

진천룡이 진실과 거짓말을 연이어서 했지만 부옥령은 다 알아들을 수 있었다.

아마도 세상천지에서 진천룡을 가장 잘 아는 사람이 부옥령일 것이다.

*   *   *

진천룡은 당하선의 가슴에서 손을 뗐다.

"됐다. 일어나라."

당하선은 상의 가슴을 활짝 풀어헤친 모습으로 누워 있다가 빨개진 얼굴로 눈을 뜨며 속삭이듯 말했다.

"벌써 다 했어요……?"

말만 한 처녀가 벌써란다.

"그래."

당하선은 장기의 손상이 심해서 진천룡이 직접 손으로 가슴 부위에 추궁과혈수법을 전개하여 순정기를 주입하면서 치료를 할 수밖에 없었다.

진천룡은 일전에 그녀의 몸에서 고독을 빼내느라 온몸을 추궁과혈수법으로 만진 적이 있기에 이번에 그녀의 가슴을 만지는 것 정도는 대수로운 일이 아닐 줄 알았는데 의외로 조금 힘이 들었다.

그도 그럴 것이 아침 식사와 점심 식사의 밥맛이 다르듯이 여체를 한 번 만졌다고 해서 두 번째 만지는 것이 별것 아닐 수는 없는 일이다.

더구나 당하선은 설옥군이나 부옥령에 비할 정도의 미녀는 아니더라도 눈이 번쩍 뜨일 정도의 여러 매력을 지닌 경성지색의 미녀가 분명했다.

그렇기에 진천룡은 그녀의 아름다운 가슴을 만지면서 마음이 흔들리지 않을 수가 없었다.

어쨌거나 그는 혈기 왕성한 이십 대 초반의 청년이 아닌가.

당하선은 가슴을 드러낸 채 여미려고도 하지 않고 진천룡을 그윽하게 바라보았다.

"가가."

"왜 그러느냐?"

당하선의 달콤한 부름에 진천룡은 뭔가 생각하고 있다가 건성으로 대답했다.

"소녀의 순결은 가가께서 가져가셨지요?"

"그렇지."

진천룡은 건성으로 고개를 끄떡였다.

당하선은 그의 손을 잡으며 교태를 부렸다.

"아이~ 소녀의 말을 들으셨어요?"

"으응……?"

그제야 진천룡은 생각을 멈추고 그녀를 쳐다보았다.

당하선은 여전히 누운 채 그윽한 눈빛으로 그를 바라보며 새빨간 입술을 오물거리며 말했다.

"가가께서 제 첫 남자이시라고요."

진천룡은 의아한 표정을 지었다.

"어째서 그렇지?"

"어머? 이제 와서 다른 말씀을 하신다."

진천룡은 아직 동정 즉, 여자와 한 번도 정사를 해본 적이 없는 순결한 청년이다.

그런데 그가 당하선의 첫 남자라니 귀신 씻나락 까먹는 소리가 아닐 수 없다.

그러나 당하선은 결사적이다. 진천룡을 처음 만났던 그날부터 그를 사랑하기 시작하여, 이제는 흡사 열병에 걸린 것처럼 그를 처절하게 연모하고 있기에 자신의 그런 열렬한 심정을 진천룡에게 전하고 싶은 것이다.

진천룡은 당하선을 향해 돌아앉았다.

"자세히 얘기해 봐라."

당하선은 그와 눈이 마주치지 않으려 내리깔고 속삭이듯이 말했다.

"지난번에 가가께서 소녀의 몸속에 있는 고독을 배출해 주셨잖아요?"

"그랬지."

당하선은 그 말을 하는 것이 너무 부끄러워서 아예 눈을 감아버렸다.

"고독이 소녀의 몸 어느 곳을 통해서 배출됐었죠?"

고독 치정혼인고가 당하선의 소중한 부위를 통해서 밖으로 배출됐었다는 사실을 시술자인 진천룡이 모를 리가 없다.

순진한 진천룡의 시선이 자신도 모르게 당하선의 하체 소중한 부위로 향했다.

그의 시선이 느껴지자 당하선은 부지중 몸을 움찔하며 다리를 오므렸다. 마치 그의 시선이 파고드는 것만 같아서 견딜 수가 없었다.

진천룡은 차마 그곳이 어디라고 말할 수가 없어서 그곳을 보면서 머뭇거렸다.

당하선의 목젖이 세게 울렸다. 한 번 더 가일층 용기를 내는 것이다.

그녀는 진천룡의 사랑을 얻으려면 가만히 있어서는 안 된다는 사실을 깨달았기 때문에 지금 이 순간에 자신이 뭐라도 해야 한다고 생각했다.

이번에 진천룡과 헤어지고 나면 언제 다시 그를 만나게 될지는 하늘만 아는 일이다.

그와 헤어진 이후 식음을 전폐하다시피하며 오로지 그를 그리워하면서 지냈던 지난 두어 달이었다.

여기에서 용기를 내지 않는다면 그녀는 아마도 상사병 때문에 말라 죽고 말 것이다.

"지금 가가께서 보고 계시는 곳을 통해서 고독이 밖으로 나왔었어요."

진천룡은 그녀의 소중한 곳에서 얼른 시선을 떼어 그녀를 쳐다보았다.

당하선은 두 주먹을 움켜쥐고 눈을 꼭 감은 채 긴 속눈썹을 바르르 떨고 있는데 그 모습이 몹시도 애처롭게 보였다.

그로 미루어 그녀가 얼마나 긴장한 채 용기를 내서 말하고 있는지 진천룡은 짐작할 수 있었다.

"그때 가가께선 어떻게 하셨지요?"

"뭐… 뭘 말이냐?"

진천룡이 당황해서 얼버무리는데 당하선의 속눈썹이 더욱 바르르 떨리고 입술마저 파르르 떨렸다.

"가가의 손이 소녀의 그곳을 덮고 있었지요……"

그랬었다. 진천룡이 그곳에 손바닥을 대고 고독을 빨아내서 배출시켰던 것이다.

"으음……"

"그렇게 고독이 배출되면서 소녀의 순결이 파괴됐어요. 그러니까 가가께서 소녀의 순결을 가져간 것이 아닌가요?"

다소 억지 같지만 진천룡으로 인하여 당하선의 순결이 파괴됐다는 말은 맞다.

"말씀해 보세요. 어떤 방법으로든 가가께서 소녀의 순결을 가져가신 것 맞죠?"

"……"

"소녀의 입장에서 생각해 보세요. 소녀는 지난날 남자의 손도 잡아본 적이 없었어요. 그러니까 가가께서 소녀의 순결을 가져간 첫 남자라는 사실이 억지는 아니에요."

"……"

"가가는 흑백이 분명한 분이라고 알고 있어요. 소녀의 말이 틀렸으면 틀렸다고 말씀해 보세요."

진천룡은 눈을 꼭 감고 있는 당하선의 눈에서 눈물이 흐르는 것을 보았다.

이윽고 그는 착 가라앉은 목소리로 말문을 열었다.

"그래. 네 말이 맞다."

당하선은 심장이 쿵쿵쿵! 마구 뛰는 것을 느꼈다.

"그… 그러면 소녀는 가가의 여자가 맞죠?"

진천룡은 미간을 찌푸렸다.

"네 말대로 하자면 우순현도 내 여자라는 말이냐?"

"그건……."

정곡을 찔린 당하선은 대답을 하지 못했다. 미처 우호법 우순현까지는 생각하지 못했던 것이다.

항상 그림자처럼 당하선 곁을 지키는 우순현이 그날 이후 진천룡을 연모하게 된 것을 당하선이 모를 리가 없다.

우순현의 나이가 사십삼 세라고는 하지만 진천룡이 임독양맥을 소통해 주어 공력이 급증한 덕분에 삼십 대 초반이 된 그녀가 아까 진천룡을 그윽한 눈빛으로 바라보는 것을 당하선은 똑똑히 보았었다.

기회를 잡은 진천룡은 틈을 주지 않고 몰아붙였다.

"그럼 우순현이 너처럼 똑같이 나오면 내가 그녀를 받아들여야 하는 것이냐?"

당하선은 당황해서 몸을 후드득 떨었다.

"그… 건 아니에요."

당하선이 겨우 대답하자 진천룡은 내심으로 회심의 미소를 지으며 말을 이었다.

"나는 너를 구해주려고 네 몸속의 고독을 제거해 준 것인데 네가 이런 식으로 나를 구석으로 몰아붙이는 것은 곤란한 것 같지 않느냐?"

당하선은 입이 열 개라도 대답할 말이 없어졌다. 그래서 떼를 쓰기로 했다.

"소녀가 가가의 두 번째 여자라고 하셨죠?"

진천룡은 조금 전에 자신이 한 말 때문에 뜨끔했다.

"그… 랬었지."

"그 말씀은 소녀가 좌호법님 다음이라는 뜻이죠?"

"그… 렇지."

지금 이런 상황에 진천룡은 자신이 거짓말을 했다고 말할 수가 없었다.

"그렇다면 우순현 우호법은 가가의 몇 번째 여자인가요?"

우순현을 여자로 본 적이 없기 때문에 그녀가 몇 번째라고 순서가 정해졌을 리가 없다.

"우순현은 내 여자 순서에 없다."

당하선은 내심 쾌재를 불렀다.

"그렇다면 소녀와 우호법의 신분에 차등을 둬야 하는 것이 옳지 않을까요?"

"그… 래야겠지."

순진하고 우직한 진천룡이 또다시 당하선의 화술에 말려들고 있다.

그때 당하선이 눈을 뜨고는 진지한 표정으로 그를 바라보며 말했다.

"부탁이 두 개 있어요."

하나도 들어줄까 말까인데 부탁이 두 개나 있단다.

"말해라."

진천룡은 이런 분위기에서는 거절하지 못한다.

"더 이상 떼쓰지 않을 거예요. 가가께서 소녀의 부탁만 들어주시면."

"알았다. 들어주마."

"약속하셨어요?"

"그래."

당하선은 기대 어린 표정으로 눈을 빛냈다.

"소녀를 영웅문 가가의 거처에 기거하게 해주세요."

"응?"

"별 뜻 없어요. 가가를 가까이에서 뵙고 싶을 뿐이에요. 그러면 숨을 쉬면서 살 수 있을 것 같아요."

다시 말하면, 진천룡과 헤어져 있으면 숨을 쉬지 못할 만큼 괴롭다는 뜻이다.

그 정도는 그다지 어려운 일이 아니다. 대상단인 천추각의 각주인 천추태후를 영웅문 내에 두면 이로운 점이 더 많을 터이다.

진천룡은 고개를 끄떡였다.

"그러마. 두 번째 부탁은 무엇이냐?"

"그건……."

당하선은 얼굴을 살짝 붉히면서 머뭇거렸다.

"뭐냐? 말해라."

"입… 을……."

"입이 뭐냐?"

"입맞춤을 해주세요."

"어……?"

진천룡이 어이없는 표정을 짓고 쳐다보자 당하선은 눈을 꼭 감고 입술을 약간 벌린 채 가만히 있었다.

진천룡은 붉고 작으며 육감적인 당하선의 입술을 물끄러미 응시하다가 문득 그녀가 귀엽다는 생각이 들었다.

그는 당하선하고 남녀로서 끝장이라고 할 수 있는 행위까지 했는데 입맞춤 정도 못 할 이유가 없다.

진천룡은 고개를 숙여 천천히 자신의 크고 두툼한 입술을 새싹처럼 작고 어여쁜 당하선의 입술에 포갰다.

진천룡이 입을 벌리면 통째로 삼킬 수도 있을 것 같은 당하선의 작은 입술이 옴찔거렸다.

진천룡은 입술을 잠시 붙이고 있다가 뗄 생각이었다. 그가 생각하는 입맞춤은 그런 것이기 때문이다.

그런데 그의 입속으로 무언가 따스하고 촉촉하며 매끄러운 것이 스르르 들어왔다.

'…혀?'

그가 다음 생각을 하기도 전에 그 혀가 이리저리 조심조심 더듬거리다가 진천룡의 혀와 만나더니 살짝 휘감겼다.

"……!"

그가 놀라고 또 당황하고 있을 때 당하선이 그의 혀를 조심스럽게 가만히 빨아 당겼다.

'요놈이?'

진천룡은 당하선이 귀여우면서도 맹랑하다는 생각이 들었다.

세상천지에 여자, 그것도 비길 데 없이 아름다운 당하선 같은 여자를 싫어하거나 미워할 사내는 없다.

진천룡도 그런 사내들과 별다를 것이 없다. 더구나 이렇게 도발적으로 유혹을 하는데야 그라고 별수가 없다.

*　　　*　　　*

"아… 아파요……."

신천룡은 그런 소리를 듣고 정신이 들었다.

그러고는 자신이 당하선의 가슴에 얼굴을 묻고 있는 것을 발견하고 화들짝 놀라서 급히 고개를 들었다.

당하선은 상의가 다 벗겨져 있으며 치마도 허리까지 올라간 방만한 모습이었다.

진천룡은 자신이 잠시 이성을 잃고 그녀를 유린했다는 사실을 깨달았다.

"선아… 미안하구나."

당하선은 주먹으로 그의 가슴을 가볍게 건드리며 얼굴을 새빨갛게 붉혔다.

"몰라요……."

'저 화상…….'

부옥령은 자신도 모르게 속으로 그렇게 중얼거렸다.

그녀는 술을 마시면서 진천룡과 당하선의 대화를 듣고 있었는데, 속이 부글부글 끓다가 진천룡이 이성을 잃고 당하선의 몸을 농락하는 대목에 마침내 울화통이 터지고 말았다.

'주인님을 믿은 내가 바보지. 사내들은 다 똑같다니까……!'

진천룡의 측근들은 그때까지도 남창에 도착하지 않았다.

천향루주 사여진이 정보망을 총동원하여 녹수원의 위치는 물론이고 기대하지 않았던 정보까지 알아냈다.

녹수원은 남창을 끼고 서에서 동으로 적강을 건너면 나오는 신건현(新建縣)에 있었다.

녹수원으로는 진천룡과 부옥령, 화운빙 세 사람만 갔다. 다른 사람들은 무공이 약하고 청랑과 훈용강 등 측근들은 아직 도착하지 않았기 때문이다.

녹수원은 적강 강가에 위치했으며, 남창의 어느 부호가 신건

현에서 가장 경치가 좋은 언덕 위에 지었다.

크고 작은 이십여 채의 전각군으로 이루어진 녹수원은 웬만한 중간급 문파와 맞먹는 규모다.

그렇지만 녹수원은 무림하고는 거리가 먼 단지 휴양과 휴식만을 위한 장원일 뿐이다.

남창의 부호는 상도군(尙桃君)이라는 이름이며 남창을 중심으로 강서성 북부 지역에 십여 개의 업체와 점포를 소유하고 있다고 한다.

그런데 상도군의 업체들은 운송업과 특산물 판매를 하고 있는데 그것들이 우연찮게도 모두 천추각과 연결이 되어 있다는 것이다.

말하자면 상도군의 업체인 풍화사(風和社)는 천추각의 하부 업체인 것이다.

천추각이 일감을 주지 않으면 풍화사의 운송업이 망할 것이고, 풍화사에서 수집한 지역 특산물을 천추각이 사들이지 않으면 그 또한 망할 것이다.

그렇기 때문에 풍화사로서는 천추각의 요구를 들어줄 수밖에 없다.

그 덕분에 진천룡과 부옥령은 녹수원에 쉽게 잠입하는 데 성공했다.

풍화사의 사주인 상도군은 무극애나 검황천문하고는 아무런 연관이 없는 사람이다.

주변에 아는 사람이 상도군에게 은자 백만 냥을 줄 테니까 녹수원을 두 달 동안 빌려달라고 해서 수락했다는 것이다.

아무것도 하지 않을 때의 녹수원 한 달 운영비가 은자 오천 냥인데 두 달 사용하고 은자 백만 냥을 준다니 이런 엄청난 장사는 일생에 두 번 다시 없을 터이다.

부옥령은 진천룡과 화운빙을 어느 전각 내의 가깝게 있는 방에 이끌었다.

[이리 들어와요.]

탁!

문을 닫고서 부옥령은 진천룡 앞에 마주 보고 서서 두 손을 내밀어 그의 얼굴을 쓰다듬었다.

[우리 얼굴은 알려져 있을 테니까 모습을 바꿔야겠어요.]

진천룡은 우두커니 서서 부옥령이 하는 대로 내버려 두는데 화운빙은 화들짝 놀랐다.

[아니, 역용 도구도 없이 변장을 한다는 건가요?]

부옥령은 대꾸하지 않고 두 손바닥에 공력을 주입하여 진천룡의 얼굴을 주물럭거렸다.

지금 부옥령이 시전하고 있는 수법은 변용신공(變容神功)으로 부옥령처럼 입신지경에 이르면 딱히 어떤 구결 같은 것 없이도 몸이나 얼굴을 마음먹은 대로 바꿀 수가 있다.

부옥령이 진천룡이나 화운빙에게 방법을 자세히 설명한다면 그들도 스스로 할 수 있겠지만 지금은 그럴 만한 시간이 없어서 그녀가 해주고 있는 것이다.

슥—

[어떠냐?]

열 호흡 후에 부옥령은 진천룡의 얼굴에서 손을 떼고 화운빙에게 물었다.

거울이 있으면 진천룡에게 직접 보여주고 싶지만 여의치 않아서 화운빙에게 묻는 것이다.

그런데 화운빙은 손으로 입을 가리고 소리 죽여서 쿡쿡 웃는 것이 아닌가.

진천룡은 뭔가 심상치 않음을 느끼고 화운빙에게 물었다.

[왜 웃는 거냐? 내 얼굴이 이상한 거냐?]

부옥령은 진천룡의 용모가 너무 잘생겨서 다른 사람들의 이목을 끌 수가 있기 때문에 평범한 얼굴로 변형시키려고 애를 썼다.

그런데 해놓고 보니까 원하던 모습이 아니라 아주 이상한 용모가 돼버렸다.

"푸훗……!"

기어코 화운빙이 참지 못하고 손으로 입을 가리면서 웃음을 터뜨렸다.

진천룡은 어리둥절해서 물었다.

[왜 그러느냐?]

화운빙은 부옥령의 눈치를 보면서 얼른 대답하지 못했다.

그런데 이번에는 부옥령이 고개를 숙이더니 웃음을 참으려다가 키득거렸다.

"킥킥……!"

진천룡은 미간을 찌푸렸다.

[내 모습이 이상한 모양이구나.]

부옥령은 배시시 웃었다.

[이상하지는 않은데 우스운 모습이 됐어요.]

진천룡의 변용한 모습은 예전의 얼굴하고는 천양지차다. 눈이 한쪽은 크고 한쪽은 새우 눈인 짝짝이가 됐으며, 코는 비뚤어진 들창코에다가 입술은 누구에게 맞았는지 퉁퉁 부어서 전체적으로 보면 추남이라기보다는 매우 웃기는 얼굴이다.

진천룡은 고개를 끄떡이며 벙긋 웃었다.

[나는 괜찮다.]

[그럼 됐어요.]

부옥령은 화운빙을 향해 돌아서며 두 손을 내밀었다.

[이제 네 차례다.]

화운빙은 마치 경기하는 어린아이처럼 자지러지면서 뒷걸음질을 쳤다.

[저… 저는 하지 않겠어요……!]

화운빙은 부옥령이 진천룡을 어떻게 했는지 잘 지켜봤기 때문에 자신은 절대로 그런 꼴이 될 수 없다고 생각했다.

[뭐라?]

화운빙은 단호한 표정으로 말했다.

[저는 이 얼굴 그대로 여기에 있겠어요.]

부옥령은 진천룡을 보고 나서 말했다.

[그렇다면 너는 주군께선 왜 얼굴을 바꾸신 것이라고 생각하는 거냐?]

[그것은……]

화운빙은 대답하지 못했다. 하지만 그녀는 자신이 진천룡처럼 괴상망측 웃기는 얼굴이 되는 것은 절대로 용납할 수가 없었다. 그것도 진천룡 앞에서 말이다.

[어쨌든 저는 얼굴을 바꾸지 않겠어요.]

부옥령은 차갑게 문을 가리켰다.

[그럼 가라.]

[에……?]

화운빙은 설마 부옥령이 이렇게 나올 줄은 예상하지 못했다.

[제가 왜 가야 하는 거죠?]

[그럼 그 얼굴 그대로 녹수원 내를 활보하고 돌아다닐 거라는 말이냐?]

[그럼 어때서요?]

부옥령은 고개를 설레설레 가로저었다.

[널 보면 사람들이 시선을 떼지 못할 것이다.]

화운빙은 말을 하는 중에 부옥령이 무슨 말을 할지 몹시 궁금해졌다.

[어째서 그렇죠?]

화운빙은 처음에는 몰랐으나 이제는 부옥령이 무엇 때문에 그녀더러 얼굴을 바꾸라는 것인지 짐작하게 되었다. 용모가 아름다우면 주위의 시선을 끄니까 바꾸라는 것이다. 그런데 화운빙은 그 말을 부옥령 입으로 직접 듣고 싶었다.

부옥령은 화운빙의 의도를 짐작하고 살짝 짜증을 냈다.

[너는 그걸 몰라서 묻는 것이냐?]

화운빙은 시치미를 뚝 뗐다.

[몰라요.]

진천룡은 원래 이럴 때는 중립을 지키는 편이지만 지금은 그럴 때가 아니라서 참견을 했다.

[빙아, 어서 변용해라.]

[네……?]

진천룡은 화운빙이 깜짝 놀라는 표정을 짓는 것을 묵살하고 말했다.

[시간이 없다. 어서 시작해라.]

화운빙은 금세 시무룩해졌다.

[네…….]

진천룡의 말이 옳다. 화운빙은 지금이 어떤 상황인지 잘 알고 있기 때문에 그의 말에 찍소리도 못 했다.

[가까이 와라.]

부옥령은 이까짓 걸 갖고 의기양양할 여자가 아니다. 그녀
는 위엄 있는 모습으로 명령했다.

슥—

부옥령의 두 손이 화운빙 얼굴에 닿으려고 할 때 뒤쪽에서
진천룡이 슬쩍 참견했다.

[빙아 얼굴은 나처럼 하지 마라.]

[……!]

화운빙을 진천룡보다 더 못난 얼굴로 만들려고 했던 부옥령
은 움찔해서 손을 멈추었다.

[그냥 평범하게 해라. 알았느냐?]

진천룡은 부옥령의 엉덩이를 손을 활짝 펴서 살짝 움켜잡았
다가 놓았다.

[으악!]

진천룡이 손에 공력을 주입했기 때문에 부옥령은 엉덩이 살
점이 떨어져 나갈 것처럼 아파서 전음으로 비명을 내질렀다.

화운빙은 진천룡을 바라보면서 감격한 얼굴에 눈물을 글썽
거렸다.

[고마워요, 주인님……]

그렇지만 부옥령은 방금 그것이 자신에 대한 응징이라는 사
실을 잘 알고 있다.

그녀가 진천룡의 얼굴을 우스꽝스럽게 만들었기 때문에 거

기에 대한 벌인 것이다.

　부옥령과 화운빙은 조금 예쁘장한 얼굴로 변신했다.

　만약 진천룡이 끼어들지 않아서 화운빙의 얼굴을 추녀로 만들었다면 약간의 사고가 발생했을 것이다.

　녹수원 숙수와 하인, 하녀들을 총괄하는 우두머리인 집사가 내실에서 시중을 들 하녀를 뽑는 기준이 얼굴이 반반한 사람이기 때문이었다.

　녹수원 내에는 하인과 하녀, 숙수가 총 팔십여 명이며 상시 장원 내에서 머물고 있다.

　전각과 누각, 별채, 정자 등이 이십여 채나 되기 때문에 그것들을 유지하고 보수하려면 팔십여 명은 상시 대기하고 있어야 한다.

　부옥령은 자신과 화운빙의 얼굴을 보통보다 조금 예쁜 용모로 변용했기에 다행히 둘 다 내실을 접대하는 시녀 열 명에 뽑힐 수 있었다.

　진천룡은 여자로 성전환을 하지 않는 이상 내실 접대에 뽑힐 수가 없으므로 천상 밖에서 대기할 수밖에 없는 처지다.

　녹수원의 주인인 상도군은 집사에게 진천룡 등의 말을 잘 들어주라고 미리 말해주었기에 별다른 문제는 생기지 않았다.

　진천룡은 주방에서 전각 이 층에 있는 내실 입구까지 술과 요리 등 무거운 것들을 옮기는 역할을 맡았다.

이곳 전각은 녹수원에서 가장 경치가 크고 아름다운 곳으로, 적강 강변에 위치해 있다.

이 층 노대(露臺:발코니)에 앉으면 발아래 도도하게 흐르는 적강의 푸른 물이 손에 잡힐 듯이 굽어보였다.

또한 적강은 마치 호수처럼 드넓어서 맞은편까지 거리가 칠 리에 달하여 설혹 적이 있더라도 급습을 당할 위험은 애당초 없다.

사실 원래는 주방에서 요리가 만들어지면 하녀들이 손수 큰 쟁반에 담아서 어디든지 옮겼었다.

그렇기 때문에 원래라면 이 층의 내실까지 술과 요리를 옮기는 역할은 없었지만 상도군의 부탁이 있었기에 진천룡은 이러한 역할을 따로 맡게 되었다.

아직 전각 이 층 내실에는 아무도 없으며 부지런히 요리가 차려지고 있는 중이다.

진천룡은 다른 남자 하인 한 명과 커다란 쟁반에 술과 요리들을 가득 담아서 다람쥐 제 집 드나들듯이 부지런히 이 층을 오르내렸다.

그가 어느 크고 화려한 방 입구에 쟁반을 들고 도착하면 활짝 열린 문 안쪽으로 넓은 실내가 한눈에 보였다.

실내 건너편 노대에 커다랗고 둥근 탁자가 놓여 있으며 그곳에 술과 요리가 차려지고 있었다.

그리고 그곳에 변용한 부옥령과 화운빙이 서 있다가 진천룡을 발견하고는 미소를 지었다.

그러자 진천룡은 급히 몸을 돌려 그곳을 떠났다.

그곳 안팎을 경장 차림의 고수 십여 명이 당당한 모습으로 지키고 있었기 때문이다.

진천룡이 슬쩍 보니까 그들은 얼마 전에 상대했던 무극애 고수들 같은 기운을 풍기고 있었다.

그것으로 미루어 잠시 후 이곳에 무극애 천상무극령이 올 것이라는 정보가 틀리지 않은 모양이었다.

第百八十二章

천상무극령

진천룡은 화운빙이 입을 벙긋하려는 것을 보고 급히 몸을 돌려서 그 자리를 떠났다.

화운빙은 의아한 표정을 지었다가 혹시나 해서 주위를 둘러보고는 흠칫 당황했다.

실내에 다섯 명의 고수들이 있는데 그들이 예리한 눈빛으로 주위를 둘러보고 있었다.

화운빙은 진천룡을 보고 반가운 마음에 전음을 하려는 생각이었는데 만약 그랬으면 고수들 중 누군가에게 발각되었으지도 몰랐다.

진천룡은 다시 주방으로 걸어갔다. 요리가 꽤 많기 때문에 앞으로 대여섯 번 이상 더 날라야 할 것 같았다.

현재 그는 보통 사람과 다름이 없는 상태다. 무슨 말인가 하면, 공력을 모조리 끌어모아 단전에 단단하게 봉인을 해두었기 때문이었다.

그러지 않았을 때에는 공력의 이 할 정도가 온몸에 고르게 퍼져 있기 때문에 걸음걸이와 눈빛, 행동거지, 심장박동, 맥박, 혈류까지도 보통 사람하고는 현저히 다를 수밖에 없다.

그 이 할의 공력을 단전에 집어넣은 후에 한 움큼도 새어 나오지 못하도록 봉인을 한 것이다. 그렇게 하면 그는 보통 사람과 똑같은 상태가 된다.

어째서 그렇게까지 했느냐면 잠시 후에 이곳에 오게 될 인물들이 난다 긴다 하는 초극고수들이기 때문이었다.

초극고수는 심장박동과 맥박, 혈류, 호흡 등으로 상대가 어느 정도 고수인지 간파하는 능력이 있다.

다시 무공을 회복하고 싶으면 단전의 봉인을 해제하기만 하면 간단하다.

오래 걸리지 않고 단지 눈 한 번 깜빡거리는 순간이면 봉인을 해제할 수 있었다.

이 층 내실에 있는 부옥령과 화운빙도 공력을 단전에 봉인한 상태였다.

진천룡은 마지막 요리를 커다란 쟁반에 가득 담아서 이 층으로 뻗은 계단을 올랐다.

그때 계단 아래에 서 있는 고수가 진천룡을 보면서 빠른 어조로 말했다.

[빨리 올라가라. 서둘러라.]

전음인데 그냥 말하는 것이 아니라 명령이었다.

진천룡이 멈춰서 아래쪽의 고수를 쳐다보며 머뭇거리자 계단 위에 있는 고수가 바람처럼 내려와 그가 들고 있는 쟁반을 낚아채서 위로 한 걸음에 올라가며 전음을 했다.

[빨리 올라와라.]

진천룡은 무극애의 인물들이 오는 것이라고 생각하여 서둘러 계단을 올라갔다.

그러나 무공이 없는 상태인 그는 마음만 급할 뿐이지 몸은 심하게 뒤뚱거렸다.

턱!

그러자 계단 위에 있던 고수가 그의 팔을 잡아 가볍게 위로 끌어당겨 주었다.

고수는 한 손으로 잡고 있던 쟁반을 진천룡에게 내밀며 고갯짓으로 빨리 가라는 시늉을 해 보였다.

진천룡은 걸음을 재촉해서 빨리 걷는데 몸이 심하게 뒤뚱거려서 넘어질 것만 같고, 쟁반의 요리가 무거워서 두 팔이 끊어질 것만 같았다.

무공을 잠시 동안 없앤 것만으로 이렇게 힘든데 예전에 무공을 모를 때에는 어떻게 살았는지 신기하기만 하다.

쟁반을 받으려고 입구에 나온 부옥령이 몹시 지친 모습의 그를 보고는 전음을 보냈다.

[공력을 쪼개서 손혈(孫穴)에 모은 후에 빠져나오지 못하도록 차단하세요. 그러면 평소와 같아지고 외부에 노출되지는 않을 거예요.]

진천룡이 조금 놀라는 표정으로 쳐다보자 부옥령은 생긋 미소 지었다.

[화운빙도 그렇게 하라고 일러두었어요.]

부옥령은 진천룡이 안도의 표정을 짓는 것을 보고 한쪽 눈을 찡긋했다.

[천첩 예쁘죠?]

'오냐.'

아직 공력을 손혈에 주입하지 못한 진천룡이 내심으로 대답했으나 부옥령은 알아들었다. 두 사람은 그처럼 간담상조하는 사이가 되어 있었다.

진천룡은 계단으로 걸어가면서 부옥령이 시킨 대로 단전의 봉인을 해제하고는 공력을 조금만 꺼내 전신의 손혈로 일제히 보냈다.

손혈이란 혈맥의 마지막 끝단에 위치한 혈로, 손혈은 몸의 가장 끝, 그러니까 손가락이나 발가락, 머리끝 같은 곳에 분포되어 있다.

진천룡이 전신의 수백 개 손혈에 공력을 주입하는 즉시 차단하자 다시 온몸에 기운이 솟구치고 머릿속이 명경지수처럼 상쾌해졌다.

그러나 그는 조금 전 같은 걸음걸이로 걸어서 계단 가까이에 이르렀는데 어디선가 집사가 불쑥 나타나더니 그의 손을 급히 잡아끌었다.

"자네는 여기에 서 있게."

집사는 진천룡을 술과 요리가 잔뜩 차려져 있는 내실 입구 바깥에 세우고 나서 속삭였다.

"여기에 서 있다가 안에서 뭐가 필요하다고 하면 잽싸게 주방에 전하게."

진천룡은 고개를 끄떡였다.

집사는 진천룡 일행이 누군지 짐작조차 못 한다. 다만 상도군이 진천룡 등의 편의를 잘 봐주라고 했기 때문에 좀 특별한 하인과 하녀들이라고만 생각했을 뿐이었다.

집사가 물러가고 얼마 지나지 않아서 진천룡은 아래층 입구로 일단의 무리가 들어서는 것을 감지했다.

평소의 무공을 완벽하게 되찾은 진천룡은 지금 입구로 들어서고 있는 인물이 열 명이며 그들 중에 초극고수가 다섯 명, 절정고수가 다섯 명이라는 사실을 감지했다.

잠시 후 그들이 계단으로 올라오는 기척이 났다. 발소리나 다른 소리는 일절 나지 않았으나 여러 개의 물체가 공기를 흔드는 파장을 감지한 것이다.

진천룡은 자신도 모르게 계단 쪽으로 고개를 돌리려다가 흠칫하며 아무 행동도 취하지 않았다.

바로 옆에 고수가 서 있는데 그가 꼿꼿하게 선 채 정면을 뚫어지게 주시하고 있었기 때문이었다.

만약 진천룡이 계단 쪽으로 고개를 돌리면 고수를 지나쳐서 봐야 하니까 당연히 그가 눈치를 챌 것이다.

지금 계단을 올라오고 있는 무극애 인물들은 전혀 기척을 내고 있지 않은데 진천룡이 그쪽을 쳐다보는 행동은 위험천만한 일이다.

그쪽을 쳐다본다는 것은 그들의 기척을 감지했다는 뜻이기 때문이다.

그래서 진천룡은 시선을 정면으로 향한 채 수더분한 표정과 자세를 취하느라 애썼다.

계단을 올라온 열 명이 내실 입구에 이르더니 그들 중 다섯 명만 안으로 들어가고 다른 다섯 명은 밖에 남았다.

안에 들어간 자들은 초극고수들이고, 밖에 남은 자들은 절정고수들이다.

그로 미루어서 안에 들어간 자들이 간부급이고 밖에 있는 자들이 호위고수일 것이다.

[넌 뭐냐?]

갑자기 딱딱한 목소리의 전음이 들려와서 진천룡은 일부러 놀라는 표정을 지으며 앞을 쳐다보았다.

회색 경장 차림의 사십 대 사내가 다섯 자 앞에 서서 쏘는 듯이 진천룡을 주시하고 있다.

"저는⋯⋯."

진천룡이 머뭇거리자 옆에 서 있는 고수가 전음으로 말했다.

[심부름꾼입니다.]

물론 이들이 나누는 전음을 진천룡은 들을 수가 있었다.

진천룡 옆에 서 있는 고수는 새로 온 고수보다 하위 신분인 것 같았다.

전면의 회의 경장고수는 진천룡의 못생긴 얼굴을 보더니 경계심을 풀었다.

이런 천하추남을 보고서도 경계를 한다면 그것은 못난이가 분명할 터이다.

방금 말한 회의 경장고수 뒤에는 네 명의 회의 경장고수가 나란히 서 있다가 잠시 후에 입구 좌우에 각자 흩어져서 자리를 잡았다.

실내에서 달그락거리면서 술과 요리를 마시고 먹는 소리가 들리기 시작했다.

그리고 잠시 후에 최초의 말이 흘러나왔다.

"사위(四位)는 어찌 됐느냐?"

"아직 연락이 없습니다."

"그가 항주에 간 지 얼마나 됐느냐?"

"이틀입니다."

진천룡이 짐작하건대, 묻는 자는 천상무극령이고 대답하는 자는 천상호위 중 한 명인 듯했다.

"원래 하루에 한 번 정기적으로 본진(本陣)과 연락을 취하기로 했는데 어제부터 연락이 없습니다."

그리고 대화가 끊어지더니 식사하는 소리가 이어졌다.

진천룡은 불현듯 어떤 생각이 들었다. 자신이 단독으로 들어가서 무극애 천상무극령과 대화를 해보는 것은 어떤가 하고 말이다.

천상무극령 정도면 진천룡이나 부옥령이 일대일로 상대할 수 있을 것이다.

그리고 나머지는 한 단계 아래인 천상호위인 것 같으니 항주에서 제압한 감창과 경조 수준일 터이다.

그 생각의 한 가지 괜찮은 점은 진천룡이 단독으로 들어가더라도 가까운 곳에 하녀로 변장해 있는 부옥령과 화운빙이 있으므로 일단 유사시에는 그를 도울 수 있다는 사실이다.

지금 저 안에 있는 인물은 무극애에서 파견한 최고위급 인물이므로 저자와 대화를 통해서 해결하거나 아니면 불가피하게 싸우더라도 승산이 있다.

마음을 굳힌 진천룡은 막 오른쪽으로 몸을 돌리면서 걸음을 떼어놓다가 실내에서 흘러나오는 목소리를 들었다.

"호천궁은 언제 오는 것이냐?"

나직하면서도 단단하게 뭉쳐진 젊은 사내의 목소리다.

진천룡은 그 자리에서 굳어버렸다. 호천궁 인물이 이곳에
오기로 했다는 것이다.

만약 진천룡이 실내로 들어가서 천상무극령과 대화를 하거
나 대화가 결렬되어 한바탕 싸우는 도중에 호천궁 인물들이
들이닥친다면 상황이 곤란해진다.

지금도 싸움이 붙으면 우열을 가리기 어려운 판국인데 호천
궁 인물들까지 온다면 진천룡으로서는 어떻게 해볼 재간이 없
을 것이다.

'젠장……'

진천룡은 몸을 똑바로 하면서 내심으로 투덜거렸다.

[뭐냐?]

그때 옆에 서 있는 고수가 날카로운 목소리로 진천룡에게
전음을 보냈다.

진천룡이 몸을 돌리면서 움직이려고 하는 것을 본 모양이
었다.

그에 진천룡이 입을 열어 대답을 하려니까 그가 급히 손으
로 입을 틀어막았다.

"……!"

[말을 하면 안 된다. 알았으니까 가만히 있어라.]

진천룡은 알았다는 듯 고개를 끄떡였다.

그는 무극애의 천상무극령이 어째서 호천궁 인물을 만나는
것인지 몹시 궁금해졌다.

어쩌면 무극애와 호천궁은 영웅문을 공동의 적으로 생각하기 때문에 손을 잡으려는 것인지도 모른다.

그럴 가능성이 크다. 원래 무극애와 호천궁은 왕래가 없었겠지만 '적의 적은 친구'라는 대원칙 아래에서 과감하게 손을 잡았을 것이다.

'어떻게 하지?'

진천룡은 초조해졌다. 이대로 가만히 있다가는 무극애와 호천궁이 손을 잡게 될 것이고, 그러면 영웅문은 풍전등화의 상태에 놓이게 된다.

'어쩌면……'

진천룡은 청랑과 훈용강 등 측근들이 지금쯤 도착할 때가 됐다고 짐작했다.

만약 진천룡이 무극애 인물들과 싸우고 있을 때 청랑과 훈용강 등이 도착한다면 호천궁 인물들이 온다고 해도 큰 문제는 없다.

이쪽 천상무극령 일행은 진천룡이 맡고, 저쪽 호천궁은 청랑과 훈용강 등이 맡으면 된다.

청랑 등은 천향루로 갈 것이고, 천향루 사람들에게는 진천룡의 행방을 일러두었으니까 청랑 등은 곧장 이리로 올 것이 분명하다.

진천룡은 내심으로 아주 짧은 시간 수없이 많은 생각을 하면서 갈등했다.

그러다가 마침내 결단을 내리고 말았다.

'해보자……!'

그것 말고는 방법이 없다. 가만히 앉아 있다가 무극애와 호천궁의 합공을 당할 수는 없는 일이다.

결정을 내린 진천룡은 즉각 행동에 옮겼다. 그는 몸을 틀어 입구로 걸어갔다.

[이봐! 너……]

옆에 서 있던 고수가 깜짝 놀라서 그의 팔을 잡으려고 할 때 진천룡의 손이 번개같이 그를 향해 뻗어졌다.

슛…….

타탓…….

"음……"

그는 답답한 신음을 흘리며 그대로 그 자리에 무너졌다.

다른 고수들이 바람처럼 진천룡에게 덮쳐왔다.

진천룡은 입구로 들어서며 호신강기를 펼쳐서 그들의 공격을 방어하며 안쪽에 대고 조용한 목소리로 말했다.

"천상무극령과 얘기 좀 하자."

*   *   *

문밖에 있던 고수들이 일제히 진천룡의 뒤와 좌우에서 협공을 가했다.

쉬이익! 쾌애액!

그러나 진천룡은 전혀 개의치 않고 실내 한복판을 성큼성큼 똑바로 걸어갔다.

벽 쪽에 물러서 있는 부옥령과 화운빙은 언제라도 출수할 수 있는 만반의 태세를 갖추었다.

그때 노대의 탁자에 앉아 있는 다섯 명 중 한 사내가 손을 들었다.

그러자 진천룡을 공격하던 고수들이 동작을 뚝 멈추고 일제히 물러났다.

사내의 손동작에 따라서 탁자에서 일어서려던 자들도 다시 자리에 앉았다.

진천룡은 모두의 시선을 한 몸에 받으면서 당당하게 탁자를 향해 곧장 걸어가 탁자 앞에서 멈추었다.

입구 밖에서 진천룡 옆에 나란히 서 있던 고수는 귀신을 본 듯한 표정으로 진천룡의 뒷모습을 쳐다보고 있다.

방금 전까지만 해도 자신의 옆에서 두 손을 앞에 모으고 마냥 순진무구하게 서 있던, 아무리 좋게 봐주려고 해도 하인 그 이상도 이하도 아닌 자의 돌변한 행동에 완전히 얼이 빠져 버린 것이다.

부옥령과 화운빙은 벽을 등지고 양쪽에 다른 하녀들과 나란히 서 있는데, 그녀들이 절대고수 수준이라는 사실은 하늘밖에는 모를 터이다.

탁자의 정중앙, 진천룡의 정면에 앉아 있는 사내는 삼십 대 초반의 나이에 매우 준수한 용모에 은은한 정기가 흐르는 외모를 지녔다.

무극애 천상무극령이라고 짐작되는 그는 전혀 놀라지 않은 듯한 표정으로 진천룡을 보며 물었다.

"귀하는 누군가?"

천상무극령을 제외한 다른 자들은 자신들의 눈앞에 서 있는 천하의 추남에 팔푼이처럼 생긴 사내가 벌이고 있는 이 난데없는 행동을 불신의 표정으로 지켜보고 있었다.

진천룡은 자신의 앞에 있는 빈 의자를 손으로 가리키며 눈으로는 천상무극령을 보면서 싱긋 미소 지었다.

"앉아서 얘기해도 되겠는가?"

천상무극령이 하대를 했기 때문에 진천룡도 똑같이 응대를 한 것이다.

다른 자들은 발끈하는데 천상무극령은 고개를 끄떡이며 빈 의자를 가리켰다.

"앉으시오."

그는 진천룡이 자신에게 하대하는 것을 듣고 자신의 결례를 깨달았는지 다시 말을 높였다.

진천룡이 태연하게 빈 의자에 앉자 천상무극령이 술이 담긴 옥주담자를 들어 보였다.

"한잔하겠소?"

진천룡은 미소를 지으며 빈 잔을 집어 들었다.

"좋소."

진천룡은 잔을 내밀고, 천상무극령은 옥주담자를 잡은 손을 내밀었다.

"받으시오."

그러나 탁자가 워낙 큰 탓에 두 사람이 앉은 채로는 술을 따르고 받지 못하는 상황이다.

그런데 옥주담자 주둥이에서 술이 뿜어져 나왔다.

스으으…….

주둥이는 진천룡을 향하고 있었기 때문에 연분홍의 술은 손가락 하나 길이의 작은 비수처럼 일직선으로 진천룡을 향해 무섭게 쏘아갔다.

쉬이익!

탁자에 앉아 있던 무극애의 두 남자와 두 여자는 술화살 즉, 주전(酒箭)이 강기보다 한 단계 더 높은 신력의 위력이라는 사실을 잘 알고 있었다.

이남이녀가 알고 있는 한, 저 주전을 막을 수 있는 사람은 무림에서 손가락을 꼽을 정도였다.

그러므로 저기에 앉아 있는 짝짝이 눈에 들창코, 삐뚤어진 메기입을 지닌 놈은 십생을 죽었다가 깨어나도 절대로 피하거나 막지 못한다고 믿었다.

천상무극령은 진천룡을 죽이려는 것이 아니라 시험하고 있는 것이었다.

과연 호기롭게 나선 것만큼이나 무위도 쓸 만한지에 대한 시험이다.

진천룡과 천상무극령의 거리는 여덟 자 정도이다. 그런데 천상무극령이 팔을 뻗으면서 주전을 쏘아냈으므로 거리가 여섯 자로 줄었다.

그러므로 주전은 발출되자마자 어느새 진천룡의 얼굴 두 뼘까지 쇄도하고 있었다.

진천룡이 보기에도 이 주전은 절대로 막지 못할 것 같았다. 호신강기를 펼치면 간단하게 뚫을 것이고 피하기에는 이미 늦었다.

그렇다고 방법이 없는 것은 아니다. 진천룡은 주전을 막거나 피하지 않는 제삼의 방법을 시전했다.

진천룡은 오른손에 여전히 빈 잔을 쥐고 있는 모습이다.

몇 명을 제외하고 거의 모든 사람들이 이제 곧 진천룡의 얼굴 정면에 구멍이 뚫릴 것이라고 예상했다.

핏⋯⋯.

그런데 주전이 진천룡의 미간 반 뼘 앞에서 급격하게 아래로 꺾였다.

그러더니 진천룡이 쥐고 있는 빈 잔 한 뼘 위에서 뚝 멈추고는 연분홍 맑은 술을 빈 잔에 따랐다.

쪼르르⋯⋯.

옥주담자에서 발출되어 은은한 연분홍빛으로 화했던 술은 다시 본연의 술로 돌아왔다.

진천룡은 술이 넘칠 듯이 찰랑거리는 잔을 들어 앞으로 내밀고는 빙그레 미소 지었다.

"고맙소. 잘 마시겠소."

다들 적잖이 놀라는 표정을 짓고 있지만, 천상무극령은 같이 잔을 내밀면서 담담하게 고개를 끄떡였다.

"많이 드시오."

진천룡과 천상무극령은 술잔을 두 손으로 잡고 서로를 향해 앞으로 슬쩍 내밀었다가 단숨에 마셨다.

무극애 사람들은 진천룡이 천상무극령에 못지않은 실력을 지녔을 것이라고 짐작했다.

탁!

천상무극령은 잔을 탁자에 내려놓으며 입을 열었다.

"그래, 귀하는 누구시오?"

그때 옥주담자의 주둥이에서 술이 쭉 뿜어져 나왔다.

파아아!

아무도 예상하지 않았던 일이라서 천상무극령 이하 모두들 움찔 놀라는 표정을 지었다.

가장 가까이 있던 천상무극령은 움찔하며 미미하게 몸을 떨었으나 다른 동작은 취하지 않았다.

옥주담자 주둥이에서 나온 술은 두 갈래로 갈라져 각각 진천룡과 천상무극령의 잔에 한 방울도 흐르지 않고 스르르 들어갔다.

중인은 진천룡이 손가락도 까딱하지 않은 것을 잘 보고 있었으므로 적잖이 놀란 표정으로 그를 쳐다보았다.

진천룡은 술잔을 들었다.

"귀하의 술이지만 답례요. 드시오."

두 사람은 다시 단숨에 술잔을 비우고 탁자에 내려놓았다.

천상무극령은 두 잔의 술을 마시는 동안 진천룡이 누구일지 곰곰이 생각해 보았다.

그래서 그는 진천룡이 두 사람 중 한 명일 것이라는 결론을 내렸다.

"귀하는 호천궁이나 영웅문 사람이 아니오?"

천상무극령이 넌지시 건네는 말에 진천룡은 빙그레 미소를 지었다.

"어째서 그렇게 생각하는 것이오?"

천상무극령은 거리낌 없이 대답했다.

"나는 이곳에서 호천궁 사람을 만나기로 했소. 그렇기에 귀하가 그쪽 사람일 수 있다는 것이오."

"그렇구려."

"또한 우리는 지금 영웅문에 가고 있는 중인데 그쪽 사람이 마중을 나왔을 수도 있을 것이오."

그는 자신들이 영웅문을 괴멸시키러 가는 것과 영웅문 사람이 미리 알고 대응하러 나왔을 수도 있다는 것을 듣기 좋게 순화해서 말했다.

천상무극령이 순순히 대답하고 나왔기 때문에 진천룡으로서도 굳이 감출 이유가 없었다.

진천룡은 고개를 끄떡였다.

"그렇소. 나는 영웅문 사람이오."

장내에서 나직한 탄성이 흘러나왔다.

그들은 설마 영웅문 사람이 여기까지 와서 천상무극령 앞에 불쑥 나타날 줄은 조금도 예상하지 못했었다.

모든 것들이 다 극비 사항이거늘 진천룡은 마치 다 알고 있는 것처럼 행동하고 있어서 그들을 더 놀라게 했다.

천상무극령은 조용한 목소리로 물었다.

"그렇다면 혹시 귀하가 영웅문주인 전광신수요?"

"그렇소. 내가 진천룡이오."

진천룡이 고개를 끄떡이자 조금 전보다 약간 더 큰 탄성이 흘러나왔다.

천상무극령과 이남이녀는 여태까지 진천룡에게서 눈을 떼지 못하고 있었으나, 지금은 한결 더 새삼스러운 표정으로 그를 자세히 살펴보았다.

문득 천상무극령이 미간을 살짝 좁혔다.

"그런데 영웅문주의 외모가 내가 들은 바와는 많이 다른 것 같소. 진면목을 보여주겠소?"

진천룡도 그러고 싶지만 그러자면 부옥령의 손을 빌려야 하기 때문에 시치미를 뚝 떼고 말했다.

"내 외모가 이런들 저런들 그런 것은 그다지 중요한 일이 아닌 것 같소."

천상무극령이 생각해도 진천룡의 말이 옳은 것 같아서 화제를 바꾸었다.

"하고 싶은 말이 무엇이오?"

그는 단도직입적으로 물었다. 이런 상황에 다른 사람 같으면 어떻게 알고 여길 찾아왔는지에 대해서 묻는 것이 우선이었을 것이다.

진천룡도 단도직입적으로 맞받아쳤다.

"무슨 이유로 영웅문을 공격하는 것이오?"

장내에 팽팽한 긴장이 흘렀다. 이남이녀는 여차하면 일제히 공격하려고 만반의 태세를 갖춘 모습이다.

천상무극령은 매우 진지한 표정을 지었다. 그로서도 지금의 이런 상황은 한 번도 고려해 본 적이 없었기에 적잖이 당황스럽고 난감할 것이다.

천상무극령의 얼굴이 더욱 진지함으로 물들었다.

"으음… 영웅문이 천하를 도모하려는 움직임이 포착됐기 때문이오."

"그게 뭐 어떻소?"

진천룡은 천하제패를 하려는 것에 대해서는 부인하지 않고 뻗대듯이 나갔다.

진천룡이 이렇게 나올 줄은 예상하지 못한 천상무극령이 조금 당황했다.

진천룡은 내친김에 한 걸음 더 나아갔다.

"이 세상에 태어나 무공을 연마하여 무림에 발을 내디딘 사람으로서 천하를 도모하고자 계획하고 획책하는 것은 당연한 일이 아니오?"

진천룡은 천상무극령이 말할 틈을 주지 않았다.

"무림의 천군성이나 검황천문, 그리고 여타의 내로라하는 세력들은 능력이 되고 여건만 맞으면 주저 없이 천하무림을 제패하려고 출사표를 내던질 것이오."

진천룡은 '옳거니!' 하는 표정으로 자신을 바라보고 있는 부옥령을 곁눈으로 힐끗 보고서 말을 이었다.

"검황천문은 공공연하게 천하제패의 야욕을 드러내고 있는데, 그것은 검황천문 배후인 무극애의 뜻이 아니겠소?"

"아……."

천상무극령은 처음으로 나직한 탄성을 흘렸다. 그만큼 놀랐다는 뜻이다.

진천룡이 검황천문 배후가 무극애라는 사실을 알아낸 것 때문에 놀란 모양이다.

천상무극령은 뭔가 짚이는 바가 있어서 그윽한 눈빛으로 진천룡을 보며 물었다.

"혹시 무극애 사람을 제압했소?"

지금 진천룡이 말하는 내용은 무극애 사람을 제압해서 그 입을 통해서 알아내야 하는 사실이었다.

진천룡은 굳이 감출 이유가 없기에 고개를 끄떡였다.

"그렇소."

"누굴 제압했소?"

진천룡은 태연하게 웃었다.

"무림에 깔아둔 무극애 사람이 많소?"

천상무극령은 씁쓸한 표정을 지었다.

"검황천문은 본 애 사람들이 아니오."

진천룡은 고개를 끄떡였다.

"그야 검황천문을 하수인이라고 생각하니까 그렇겠지."

처음으로 천상무극령의 눈이 조금 날카로워졌다가 곧 풀어졌다.

그러나 그는 진천룡의 말에 시인도 반박도 하지 않았다.

진천룡은 개의치 않고 말했다.

"감창 부부를 제압해서 심문을 했소. 그들은 자신들이 알고 있는 사실들을 술술 토해냈소."

천상무극령의 눈이 커졌고 이남이녀는 어금니가 아픈 듯한 앓는 소리를 냈다.

하기야 무극애의 천상호위 부부를 제압해서 심문하여 무극애에 대해서 다 알아냈다고 하니까 놀랄 만도 하다.

천상무극령은 잠시 침묵을 지키더니 착 가라앉은 목소리로 입을 열었다.

"그들은 어찌 됐소?"

진천룡은 태연하게 대답했다.

"제압해서 감금해 두었소."

"아직 살아 있소?"

진천룡은 옥주담자를 들어 자신의 빈 잔에 술을 부었고, 천상무극령 등은 그 광경을 지켜보며 미간을 좁혔다.

진천룡은 술을 마시고 빈 잔을 탁자에 내려놓는 등 한껏 능장을 부린 후에야 말했다.

"여자는 분근착골수법을 당한 후에 내상을 입어서 치료를 했는데 남자, 그러니까 감창은 모르겠소. 중상을 입어 만신창이 상태인 것을 그냥 가두어뒀소."

"으음……."

"아… 어쩌면 좋아……."

이남이녀 중에 왼쪽에 앉은 일남일녀가 신음을 흘렸다.

*   *   *

천상무극령이 심각한 표정으로 왼쪽에 앉아 있는 일남일녀를 가리키며 말했다.

"이들은 감창의 형과 경조의 언니요."

진천룡은 뜻밖이라는 표정을 지으며 일남일녀를 쳐다보았다.

자세히 보니까 과연 남자는 감창을 닮았고 여자는 경조를 닮았다.

그렇지만 형과 언니라고 하는데 나이는 감창과 경조보다 더 들어 보이지 않았다.

천상무극령은 왼쪽의 일남일녀에게 명령이 아닌 부탁하듯이 말했다.

"인사하게."

일남일녀는 일어서더니 진천룡에게 포권을 해 보이며 가볍게 고개를 숙였다.

"감탁(監卓)이오."

"경봉(景鳳)이에요."

진천룡은 약간 어리둥절했다. 일남일녀가 적에게 정중히 포권을 하면서 자신을 소개하다니, 왜 그런지는 모르겠지만 이런 경우는 처음이다.

천상무극령이 부언했다.

"이들은 부부요."

진천룡은 짐작했던 터라 고개를 끄떡였다.

어쨌든 감탁, 감창 형제가 경조, 경봉 자매와 혼인을 하다니 신기한 일이다.

일남일녀 감탁과 경봉이 앉고 나서 천상무극령이 진지하게 말했다.

"감창과 경조의 생사를 확인해 줄 수 있겠소?"

진천룡은 조금 어이없는 표정을 지었다.

"지금 말이오?"

"그렇소."

"왜 그래야 하오?"

천상무극령은 더욱 진지한 표정을 지었다.

"그들은 우리에게 매우 중요한 사람이오."

"허어……."

잔천룡은 다시 어이없는 표정을 지었다.

"세상에 중요하지 않은 사람이 어디에 있소?"

천상무극령은 착잡한 표정으로 말했다.

"부탁하오."

진천룡은 조금 엄숙한 얼굴로 말했다.

"무극애는 우리와 싸우려고 온 것이 아니오?"

천상무극령은 복잡한 표정으로 대답했다.

"싸울 상황이 되면 싸워야 할 테지만 아직은 아니오."

"그것은 누가 결정하오."

"내가 하오."

진천룡은 못마땅한 표정을 지었다.

"이것 보시오. 검황천문을 비롯하여 중원의 온갖 세력들을
다 동원해서 영웅문으로 진격하게 해놓고서 무슨 딴소리를 하

는 것이오?"

천상무극령은 미간을 찌푸렸다.

"온갖 세력을 다 동원하다니, 그게 무슨 소리요?"

진천룡은 그가 알면서도 시치미를 뗀다는 생각에 노골적으로 불쾌한 표정을 지었다.

"마중천과 요천사계의 정예고수 수만 명을 동원해 놓고서 모른다고 잡아떼는 것이오?"

천상무극령을 비롯한 이남이녀의 표정이 확 변했다.

"그게 정말이오?"

천상무극령의 반문에 진천룡은 이건 뭔가 일이 잘못됐다는 생각이 들었다.

"정말이오."

"음."

천상무극령은 무거운 신음을 흘렸다.

"귀하의 말이 진실이라고 믿겠소."

그는 잠시 후에 진지하게 말을 이었다.

"그 일은 내가 따로 알아보겠소. 감창과 경조에 대해서 얘기해 봅시다."

진천룡도 진지하게 대꾸했다.

"그들에 대해서 뭘 말하겠다는 것이오?"

"두 사람을 돌려받을 수 있겠소?"

진천룡은 딱 잘라서 말했다.

"불가하오."

"어떻게 하면 돌려주겠소?"

감탁과 경봉은 더없이 절실한 표정으로 진천룡을 바라보고 있었다.

진천룡은 미간을 좁혔다.

"무극애가 물러가면 돌려주겠소."

천상무극령은 가볍게 고개를 끄떡였다.

"그럼 대화를 해봅시다."

그는 뜻밖에 시원시원한 면이 있었다.

"하시오."

이제야 애초에 진천룡이 원했던 대화가 시작됐다. 이 대화의 결과에 따라서 싸울 것인가 아닌가가 결정될 터이다.

천상무극령은 거두절미하고 말했다.

"영웅문은 어째서 천하를 제패하려고 하는 것이오?"

그 말을 들은 부옥령과 화운빙은 당연히 진천룡이 부인할 것이라고 예상했다.

그러나 진천룡은 단단한 표정과 어조로 말했다.

"무림인치고 그리고 문파와 방파를 개파한 사람치고 천하제패를 꿈꾸지 않는 사람이 어디에 있겠소?"

천하제패는 전 무림인들의 꿈이고 어느 누구라도 그것을 부인하지 않는다.

그렇지만 절대다수의 사람들이 죽을 때까지 그것을 이루지 못함을 알았다. 그렇더라도 꿈을 꾸거나 상상하는 것은 죄가 아니므로 늘 항상 가슴속에 품고 살아갔다.

그리고 극소수의 사람들은 일신에 절세적인 절학을 지니고 날고 기는 막강한 세력을 거느리고는 천하제패를 실행에 옮기고는 했다.

"나도 그런 무림인 중 한 명이오."

진천룡의 말에 긍정하지 않는 사람이 없었다. 설득력이 있어서가 아니라 사실이 그렇기 때문이었다.

"천군성이나 검황천문, 마중천, 요천사계도 다 그렇지 않소? 게다가 무극애도 기회만 되면 천하제패를 하고 싶을 것이오. 아니오?"

천상무극령은 대답하지 않았다. 그는 침묵으로 그 사실을 인정했다. 누가 뭐래도 진천룡의 말이 맞기 때문이다.

천상무극령은 주먹을 입에 대고 낮게 헛기침을 했다.

"흠! 그것 때문이 아니오."

"그럼 무엇이오?"

천상무극령은 고개를 끄떡였다.

"우리는 영웅문이 성신도와 결탁한 것을 우려하고 있소. 영웅문의 천하제패는 성신도의 뜻이 아니오?"

진천룡은 노골적으로 불쾌한 표정을 지었다.

"본문이 누구와 손을 잡든지 말든지 무극애가 어째서 상관하는 것이오?"

진천룡은 성신도와 결탁하지 않았다고 말하는 대신 강하게
반발을 했다.

천상무극령이, 아니, 무극애가 영웅문에 간섭하는 것 같아
서 불쾌해진 것이다.

"무극애가 호천궁과 손을 잡고 거기에 마중천이나 요천사계
같은 세력들과도 영합한 것을 내가 꾸짖는다면 귀하는 기분이
좋겠소?"

"음……."

정곡을 찔린 천상무극령은 대꾸하지 못하고 나직한 신음을
흘렸다.

무극애가 무엇을 하든 말든 타인이 참견을 하면 천상무극령
도 기분이 나쁠 것 같았다.

그렇게 역지사지로 생각해 보니까 지금 진천룡의 기분이 나
쁠 것이라고 짐작했다.

그러나 어쨌든 천상무극령은 이번에 중원에 나온 목적이 있
으므로 그것을 완수해야만 했다. 그는 이 대화가 매우 중요함
을 인지했다.

"영웅문이 단독으로 천하제패를 하든 무엇을 하든 무극애
는 개의치 않소. 그러나 성신도와 손을 잡고 천하제패를 한다
면 좌시할 수 없소."

"이유가 뭐요?"

천상무극령은 잠시 망설이는 듯하다가 말했다.

"천하사대비역 그중에서도 천하이대성역에 얽힌 비화를 알고 있소?"

"내가 알아야 하오?"

천상무극령은 놀란 듯 어? 하는 표정을 지었다가 고개를 저었다.

"아니, 몰라도 되오."

바로 그때 진천룡은 부옥령이 눈을 깜빡이는 것을 보고 말을 바꿨다.

"해보시오."

천상무극령은 눈을 찡그렸다. 사실, 천하이대성역인 성신도와 무극애에 얽힌 비화는 그들만 아는 일이다. 그래서 비화라고 하는 것이다.

그 비화는 아는 사람이 천하에 극소수밖에 없는 비밀 중의 비밀이었다.

진천룡은 물론이고 부옥령조차도 그 비화가 무엇인지 모르고 있었다.

그래서 부옥령은 그 비화를 알게 되면 도움이 되지 않을까 생각한 것이다.

그런 점에서는 천상무극령도 마찬가지다. 극비인 비화를 진천룡에게 설명하면서까지 이 분쟁을 해결하고 싶은 것이다.

즉, 싸움을 피하고 싶은 마음이며 그런 마음은 진천룡에게도 전해졌다.

천상무극령은 잠시 진지한 표정을 짓고 있다가 이윽고 무겁게 말문을 열었다.

"무극애와 성신도는 원래 한 가문이었소."

"……!"

진천룡은 적잖이 놀라서 안색이 변했고, 부옥령도 놀라서 흠칫했다.

설마 성신도와 무극애가 한 가문이었을 것이라는 사실은 어느 누구도 상상조차 해보지 않았을 것이다. 그만큼 경악할 만한 일이다.

기왕지사 말을 꺼낸 것이라서 천상무극령은 차분한 어조로 말을 이었다.

"무극애의 시조는 천무동(天武洞)이었소. 혹시 천무동을 들어본 적이 있소?"

"없소."

천무동이라니, 진천룡뿐만 아니라 부옥령과 화운빙도 금시초문이다.

그렇다고 천상무극령이 이런 자리에서 거짓말을 만들어내지는 않을 터이다.

"믿지 않아도 되오만, 천무동은 천하 모든 무공의 본산(本山)이오."

성신도와 무극애가 한 가문에서 나왔다고 한다면 그 말은 조금 과장되긴 했어도 아주 틀린 말은 아니었다.

천상무극령은 잠시 열어놓은 창밖의 먼 풍경을 그윽하게 바라보고 나서 뭔가 결심한 듯 말을 이었다.

"마지막 천무동주(天武洞主)의 이름은 감선교(監善教)였으며, 부인은 화조연(華照淵)이었소."

"……!"

그 말을 듣는 순간 진천룡은 뭔가 뇌리를 번갯불처럼 스치는 것을 느꼈다.

천무동주 이름이 감선교 '감씨'였다면 감창, 감탁 형제와 같은 성씨였다.

그렇다면 무극애의 지도층은 '감씨 일족'일 테고 눈앞에 앉아 있는 천상무극령도 '감씨'일 가능성이 크다.

그리고 천무동주 부인의 이름이 화조연이면 현재 성신도 대도주가 화라연이니까 그 후손일 터이다.

천상무극령이 성신도와 무극애가 한 가문이라고 말했으니까 가능한 짐작이다.

"문제의 발단은 천무동주가 화조연과 혼인하여 자식들을 낳고 살다가 십 년에 걸쳐서 두 명의 후처를 거둔 것이었소."

세상에서도 가장 흔하면서 가장 골치 아픈 일이 남녀 관계인데 천무동주도 그랬다.

천상무극령은 씁쓸한 표정을 지었다.

"그러나 십 년이 지난 어느 날, 인내심이 한계에 이른 본부인 화조연은 불같이 화를 내며 후처들을 내쫓으라고 요구했으나 천무동주는 이미 두 명의 후처를 매우 사랑하게 되었기에 그 요구를 받아들일 수가 없었소."

천상무극령은 들추기 싫은 가족사를 잔잔한 목소리로 실타래처럼 풀어냈다.

그의 좌우에 앉은 이남이녀들은 이 얘기를 알고 있는지 놀라지도 않고 씁쓸한 표정으로 들었다.

"결국 인내심이 극한에 다다른 화조연은 자신의 일족들을 이끌고 천무동을 나가기에 이르렀소."

진천룡은 알은척하지 않고 듣기만 했다.

"천무동은 화씨 일족이 전체의 사 할을 이루고 있었으므로 그들의 이탈은 타격이 매우 컸소."

화씨 일족이 사 할을 차지했다면 천무동주인 감씨 일족과 비슷한 세력을 지녔다는 뜻이다. 이 할 정도는 여타 다른 씨족일 테니까 말이다.

그때 진천룡은 무언가를 또 하나 번뜩 깨달았지만 가만히 있었다.

"본부인 화조연 일족의 이탈로 큰 심경의 변화를 일으킨 천무동주는 그때부터 몹시 괴로워하다가 차츰 두 명의 후처를 원망하기 시작했으며 오래지 않아서 그녀들을 완전히 외면해 버렸소."

진천룡이 짐작했던 대로 얘기가 풀리고 있다.

"오래지 않아서 두 명의 후처도 자신들의 일족을 이끌고 천무동을 떠났소. 그것이 이백오십 년 전의 일이었소.”

진천룡은 천무동을 떠난 두 명의 후처가 이후 고향으로 돌아가거나 적당한 장소에 문파를 세워서 각각 호천궁과 창파영이 되었을 것이라고 짐작했다.

천무동은 그대로 잔존세력을 이끌고 무극애가 되었으며, 본부인 화조연은 성신도를, 그리고 두 명의 후처가 호천궁과 창파영을 이루어 결국 천하사대비역이 된 것이다.

그런데 어째서 천무동이 무극애가 되었는지는 짐작할 수가 없었다. 어쩌면 천무동의 기억을 지우려고 이름을 바꾸었을지도 모른다.

천상무극령의 표정이 어느 때보다 굳어졌다.

“천무동주 감선교 사조께선 그 길로 천무동을 홀연히 떠나셨소.”

“아…….”

전혀 예상하지 못했던 말에 진천룡은 조금 놀랐다.

“사조께서 남기신 서찰에는 짧은 글이 적혀 있었소. 천무동 사람들은 천하를 지켜야 하고, 또한 천무동 사람들끼리는 절대로 싸워서는 안 되고 언젠가는 다시 하나로 합치라고 말이오.”

한동안 천상무극령이 아무 말이 없자 진천룡은 처음으로 입을 열었다.

“그 이후로 천무동주는 돌아오지 않았소?”

천상무극령은 무겁게 고개를 끄떡였다.

"그렇소. 그때 이후 이백오십여 년 동안 사조께선 다시 현신하지 않으셨으며 그 어떤 흔적조차 발견되지 않았소."

그리고 장내에는 한동안 무거운 침묵이 흘렀다.

『붕정대연가(鵬程大戀歌)』 18권에 계속…